율곡선생 금강산 답사기

정항교 (鄭亢敎)

■ 약력
- 강원도 강릉 출생
- 관동대학교 국어교육과 졸업
- 동국대학교 교육대학원 한문교육 전공
- 중국북경어언문화대학 수료
- 경원대 대학원 국어국문학과 문학박사
- 현) 강릉시 오죽헌박물관 관장

■ 저서 및 역서
- 율곡선생의 시문학
- 겨레의 어머니 겨레의 스승
- 율곡선생의 금강산 답사기
- 증수임영지(增修臨瀛誌)
- 건봉사사적(乾鳳寺史蹟) 번역

율곡선생 금강산 답사기 (풍악행)

1996년 5월 15일 초판발행
1997년 5월 15일 재판발행
1998년 7월 15일 삼판발행
2005년 3월 21일 사판발행
2014년 7월 15일 오판발행

역해자 / 정항교
펴낸이 / 이홍연

등록번호 / 제300-2001-138
주소 / (우)110-053 서울시 종로구 사직로10길 17
　　　(내자동 인왕빌딩)
전화 / 02-732-7091~3 (주문 문의)
FAX / 02-720-5153
홈페이지 / www.makebook.net

ISBN 89-8145-419-1-03810

정가 : 15,000원

율곡선생 금강산 답사기

정 항 고 역해

㈜이화문화출판사
月刊 書報文人畵

율곡 선생 영정
율곡 선생의 영정은 이당 김은호 화백이 그린 것으로
오죽헌 문성사에 있다.
심의를 입고 복건을 쓴 모습으로
학자다운 기품이 엿보인다.

오죽헌 전경
우리나라 오천원권 지폐에 도안된 오죽헌 전경으로
어제각, 사랑채, 문성사, 오죽헌(몽룡실), 기념관 등이 있다.

문성사
율곡 선생의 영정을 모신 사당이다.
문성은 율곡 선생의 시호로
1624년 인조 인금이 내렸다.

어제각
1788년 정조 임금이
율곡 선생께서 지은 격몽요결(擊蒙要訣)과
쓰시던 벼루를 직접 보시고 어명을 내려
집을 짓고 이들 유품을 보관토록 하였다.

오죽헌
조선 전기 별당 건물로
보물 제165호로 지정되었다.
오른쪽에 있는 몽룡실에서
1536년 신사임당이 용꿈을 꾸고
율곡 선생을 낳았다.

문성문
경기도 파주시 법원읍에 있으며, 율곡 선생 묘역으로 들어가는 문이다.

화석정
율곡 선생이 8세에 이 곳에 올라 유명한 〈화석정〉 시를 지었다.

자운문
자운서원 출입문이며 묘정비는 율곡 선생을 추앙하기 위하여 세웠다.

자운서원
율곡선생의 위패를 모시고 학문과 덕행을 추모하는 곳이다.

금강산 조감도
金剛山鳥瞰圖

율곡 선생 〈금강산 답사기〉
발간에 즈음하여

율곡 선생은 산자수려한 강릉에서 탄생 성장하여 환경이 산과 물을 좋아하는 본성을 지니게 했음인지 진작에 산수를 좋아하였다.

선생의 〈행장〉에도 "일찍이 이름난 명승지는 가보지 않은 곳이 없을 정도"라 하였으니, 두루 짐작이 되고도 남는다.

율곡 선생은 워낙 타고남이 총명하고 숙성한 천재여서 8세에 이미 경기도 파주시 문산에 있는 선대가 지은 정자에 올라 〈화석정〉 시를 지었으며, 10세에 강릉의 제일강산 경포대에 올라 장편의 〈경포대부〉를 지어 세상 사람들을 감탄케 하였다.

13세에 진사 초시에 장원으로 올라 촉망 또한 컸으나 16세에 어머니를 여의자 슬픔을 이기지 못해 19세가 되던 해 봄 홀연히 금강산에 들어갔다. 이때 몸소 듣고 본 바를 모아 무려 6백구 3천마디의 장편 기행시인 〈풍악행〉을 엮어냈다.

실로 한시사에 유례가 없는 대단한 문력이다.

일찍이 우리 조상들은 "금강산을 보기 전에는 천하의 산수를 말하지 말라"고 하였으며, 심지어 중국인까지도 "원컨대 고려국에 태어나 금강산을 한번 보았으면"하였다니, 실로 우리의 금강산이야말로 국내·외가 동경한 천하 명산이다.

우리는 율곡선생의 〈금강산 답사기〉를 통해 자연을 벗삼아 거닐던 율곡선생의 고매한 인격을 다시금 더듬어보고, 아울러 자연을 사랑하는 정신과 자연의 소리에 귀를 기울일 줄 아는, 군자다운 높고 깊은 삶을 본받을 수 있겠다.

　　더욱이 본 〈금강산 답사기〉는 사실 묘사의 재치와 감칠맛이 남달라서 그림을 읽는 듯한 느낌이 든다. 문이 아닌 시이므로 함축이 넘치고 사실적인 묘사로 인해 풍기는 맛이 살아 있다. 따라서 본 답사기를 읽지 않고 금강산을 관광한다면 이는 마치 떫은 보늬를 벗기지 않고 알밤을 맛보는 것이나 다름이 없다 하겠다.

　　근래 금강산 일일 관광 시대에 때맞추어 (주)이화문화출판사에서 새로운 〈금강산 답사기〉를 출판하게 되어 더욱 뜻깊다. 게다가 평생 서도의 외길을 걸어오신 구당(丘堂) 여원구(呂元九) 선생께서 율곡 선생의 금강산시 600구 3000자를 국내 최초 7체(전서·예서·해서·행서·초서·호태왕비·목간)로 쓴 대걸작을 함께 싣게 되어 무엇보다 기쁘다.

　　바야흐로 다가올 자유 왕래에 대비해서 율곡선생의 〈금강산 답사기〉를 세계에 소개할 수 있도록 외국어 번역본도 함께 출판되어, 세계화를 앞둔 우리의 보람이 더욱 널리 퍼져, 우리의 금강산이 세계의 금강산으로, 그리고 우리의 율곡선생이 세계의 율곡선생으로 부각되었으면 하는 바람이 실로 간절하다.

2005년 3월 25월

오죽취영재실(烏竹翠影在室)에서

역해자(譯解者)　정 항 교

만물상(萬物相)의 가을 전경

차 례 ────────

금강산에 얽힌 갖가지 사연

금강산 찾아가자 일만 이천 봉

볼수록 아름답고 신기하구나

철따라 고운 옷 갈아 입는 산

이름도 아름다워 금강이라네 금강이라네.

　이제 금강산에 얽힌 갖가지 사연을 필자의 대학원논문 지도교수였던 석전 이병주 박사의 금강산 등반에 얽힌 회고담을 빌려 엮어 보고자 한다. 이는 율곡 선생의 금강산 시를 이해함에 있어 보다 신실성을 보태기 위한 나름대로의 배려이기도 하다.

　석전 선생은 일찍이 중학 2학년 때인 1936년, 가을 수학여행으로 3박 4일에 걸쳐 금강산을 두루 구경한 바 있었다. 그때는 어려서 그저 따라다니기에 바빴으나 그 뒤 1943년 늦봄, 경원선의 마루턱인 해발 650m의 세포역(洗浦驛)에서 고랭지 채소 경작의 왜무갈이 농장을 손수 경영하게 되어, 짬을 내어 자주 금강산 여행을 하였다.

경원선 철원역(지금의 갈말 신철원이 아님)에서 사설철도인 금강산 전철(지금은 철길만 덩그렇게 남았다)을 타고 김화를 거쳐 창도(昌道)인 내금강에서 내려 금강산 탐승을 하였다. 당시 금강산행에는 어림잡아도 30원 이상이 소요되었기 때문에 일반인들로서는 그림의 떡이었다. 실제 석전 선생에 의하면 금강산 관광객 대부분이 넉넉한 유지나 문사들, 또는 일본인이었다 한다.

내금강은 금강산의 서남쪽으로 산이 화강암으로 이루어졌다. 소나무와 단풍이 허연 바위를 돋보이게 하고, 맑은 시냇물이 쏟아져 흐르기 때문에 한여름에도 모기가 없으며, 여관에 들어 베개를 베고 누우면 드높은 물소리에 귀가 멍멍해질 지경이었다. 금강산의 대찰이자 전국 30본산의 하나인 장안사는 그 규모가 대단해서 임진란(1592) 전후에는 입구에 멋진 구름다리까지 놓였었고, 다락집도 2층이었다는데 일제강점기에는 경내는 넓어도 예전의 장엄스런 모습을 지니지 못하였다. 그나마 지금은 전각조차 모두 타버려 그 자리만 덩그렇게 남았다.

장안사를 뒤에 두고 만폭동의 소쿠라지며 흐르는 물소리에 귀가 멍멍한 채 오르노라면, 송강(松江) 정철(鄭澈, 1536~1616)의 기행가사인 〈관동별곡〉이 떠올려진다.

> 백천동 곁에 두고　　만폭동 들어가니
> 은 같은 무지개　　옥 같은 용의 꼬리
> 섯돌며 뿜는 소리　　십리에 잦았으니
> 들을 제는 우레러니　　보니까 눈이로다.

문사가 아닌 보통사람도 녹화한 듯한 실경에 절로 사로잡히게 됨이 과장이 아님을 실감할 수 있다. 거기서 좀 오르면 표훈사를 지나게 되고, 만

1920년대 금강산 단발령 전철

폭동 물살을 거슬러 더 오르면 바른 편에 이승에서 저지른 모든 악업이
그대로 비친다는 업경대(業鏡臺)를 우러르게 된다. 마치 거대한 거울같이
생긴 업경대 앞에 서면 죄를 지은 이가 자신도 모르게 지난 일이 회상되
어 찔끔하게 된다고 한다.

거기서 땀을 식히고 다시 오르면 보덕굴이 나선다. 일찍이 고려의 대표
적인 시인 익재(益齋) 이제현(李齊賢, 1287~1367)은 오언절구 〈금강이절
(金剛二絶)〉에서 보덕굴을 다음과 같이 읊었다.

모퉁이서 그늘 바람 불어닥치고
시냇물 깊어서 물빛 더욱 파랗다.
지팡이에 기대서 마루턱 바라보니
나는 듯한 추녀가 나무와 구름을 탔네.

陰風生巖曲　　溪水深更綠
倚杖望層巓　　飛簷駕雲木.

또한 마하연은 다음과 같이 읊었다.

햇발은 대낮인데 산중이라서
이슬에 미투리가 흠뻑 젖었네.
옛절이라 스님네 살지를 않고
흰구름만 뜨락에 가득하구나.

山中日亭午　　革露渥芒屨
古寺無居僧　　白雲滿庭戶.

　　모름지기 중국 원나라에서 솜씨를 갈고 닦은 이제현이라 사실적인 표상
이 두드러진다. 이 보덕굴은 고려말기에 지어진 절로 일제강점기에는 다
락밖에 남지 않았는데 그 건축이 유별나다. 곧 기둥이 네 개인데 그 중 하
나는 긴 구리기둥으로 주추는 밑의 어울져 흐르는 냇가에 놓여 있다. 그
마루에 올라서 발을 구르면 출렁거려 짓궂은 탐승객이 다투어 굴렀다. 지
금은 보수를 해서 옛 모습 대로라니 다행한 일이다. 보덕굴은 벼랑에 건
물이 있어 더욱 경치가 돋보이는데 낭떠러지에 어떻게 절간을 마련했는

가 싶어 놀랍다. 거기서 잠깐을 오르면 금강산에서 가장 크게 새겨진 불상인 묘길상이 있고, 조금 더 오르면 마하연이 있다. 마하연은 절 이름으로 우리나라에서 흔히 절을 나타낼 때 사용하는 '암, 사, 굴'을 쓰지 않고 '연'이라 한 것이 특이하다. 더욱이 익재 때에는 마하연에 스님이 거주하지 않았다는데, 일제강점기에는 독립지사의 은신처 역할을 하기도 했다.

여기서부터는 돌길이 더욱 가팔라져서 흔히 지팡이를 짚어야 하는데, 1936년 일본인 구메(久米)가 쉬엄쉬엄 오를 수 있도록 구비구비에 돌계단을 놓았다 한다. 관광객을 유치하기 위한 상술에서 비롯된 것이었는데, 동기야 어찌되었건 비로봉(1638m) 등반에 적지 않은 도움이 돼, 이후 부녀자들도 많이 오르게 되었다고 한다. 이 가파른 계단의 막바지가 바로 금강산의 최고봉인 비로봉이다.

거기에는 일본인이 경영하는 산장이 있었는데, 호젓한 숙박시설을 갖추어 비바람이나 눈보라가 일 때는 조난을 막는 휴식공간이 되기도 하였다. 이후의 기행문에는 이 산장에 대한 언급이 없어 아직까지 존재하는지의 여부는 알 길이 없다. 당시 산장의 조그마한 방 하나를 하루 빌리는 데 5원 정도 들어 여간한 부자가 아니면 엄두를 낼 수 없었다. 그래서 일본인이 독점하다시피 하였다. 참고로 당시의 5원을 지금의 돈으로 환산하면 30만원 정도이다. 거기서는 커피와 홍차 한 잔에 20전, 냉수 한 잔도 꼭 1전을 받았다. 사실 비로봉 중턱부터는 샘물이 끊어져 거기까지 길어 올리려면 상당한 품이 들기도 하였을 것이다. 당시 서울 명동에 일본인이 처음으로 개점한 다방에서 차 한잔에 15전을 받았고 고급담배 가이다(해태)가 15전, 중간치인 비죤(나중에는 하도-비둘기-로 바뀜)이 10전, 하등품인 마코가 5전이었음을 감안하면 무리라 할 수 없다.

이 비로봉 산장에서 일박하면 동해의 해돋이를 볼 수도 있는데, 그 광경은 정말 장관이었다. 우리는 흔히 강릉 정동진의 일출, 경주 석굴암의 해

돌이, 남해 상주 보리암 금단산에서 국립해상공원 다도해를 굽어보며 바라보는 일출을 최고로 친다. 그러나 비로봉의 일출은 그것들과는 비교할 수 없을 정도의 위용이 있다. 그런데 높은 정상인데다가 동해의 해양성 기후와 서남의 대륙성 기후의 영향으로 안개ㆍ구름ㆍ비바람이 잦아, 여간 운이 좋지 않으면 며칠을 묵고서도 일출의 장엄함을 누릴 수 없다. 이는 백두산 천지를 보기 위해 중국의 동삼성인 길림성 연길을 돌아 장백산 정상에 올랐는데, 비바람과 안개로 천지를 굽어보지 못한 채 허행하고(실은 필자도 그런 경험이 있었다.) 하산하는 경우와도 같다.

그러나 비로봉 꼭대기에서 삐죽삐죽한 일만 이천 봉을 바라보면 이른바 만물상이란 이름이 거기에 맞음을 알 수 있다. 〈송강가사〉의 〈관동별곡〉에서 정송강은 다음과 같이 감탄하고 있다.

1920년대 비로봉 산장 전경
비로봉 산장은 구성동 계곡 용마석(龍馬石) 아래에 있으며 바로 왼쪽에 마의태자(麻衣太子) 무덤이 있다.

어와 조화옹이	부산하기도 부산하구나
날거든 뛰지나 말고	섰거든 솟지나 말라
연꽃을 꽂았는 듯	백옥을 묶었는 듯
동해를 박차는 듯	북극을 고였는 듯
높을시고 망고대	외로울사 혈망봉
하늘에 치밀어	무슨 말씀 사뢰려고
천만년이 지나도록	굽힐 줄 모르느냐
어와 너여이고	너 같은 이 또 있는가.

즉흥의 감탄을 환성으로 뇌이고, 이어서 공자의 말씀을 빌려 자기의 심금을 털어놓은 바 있다.

비로봉 상상두에	올라본 이 그 누구신고
동산 태산이	어느 것이 높단 말고
우리는 노나라의	좁은 줄도 모르거든
넓고도 넓은 천하	어찌 하여 적단 말고.

또한 시조시인 노산(鷺山) 이은상(李殷相, 1903~1982)도 금강기행 〈비로봉〉에서 다음과 같이 읊었다.

땀으로 젖은 옷을 장풍에 식히더니
세우(細雨)에 다시 젖다 염량(炎涼)에 되마르니
조화를 몸에 입은 양 마음 느껴 하노라.

사실 비로봉은 설악산 대청봉(1708m)보다야 낮기는 해도 돌길에다 주변의 경치가 뛰어나서 자신도 모르게 발이 먼저 멈춰지기가 일쑤다. 그러나 멈춰 쉬어도 흐르는 땀은 어쩔 도리가 없다.

딛고 올라갈 수 있도록 돌계단을 놓았어도 역시 고된 오름길이기 때문이다. 이렇듯 오름길에서 땀을 많이 흘려 몸이 젖게 마련인데, 젖은 몸이 안개비 때문에 다시 젖고, 곧 뙤약볕에 다시 마른다 하니, 그야말로 천지조화를 한 몸에 입는 셈이다. 중국 오악(五岳)의 하나인 산동성 태산(泰山)에도 계단을 놓았는데, 중턱에서 꼭대기까지는 오르기가 무척 어려워 케이블카를 사용하는데 비해, 비로봉에 놓인 돌계단은 에굽게 놓여 있어 오르기가 훨씬 편했다. 그런데 경치가 너무 좋다보니 쉴 적마다 물을 마시게 되어 물이 여러 번 바닥이 나 고생했다.

이윽고 비로봉에서 가파른 비탈길을 내려오노라면 느닷없는 천둥 소리에 하늘이 무너지는 듯한 착각을 자아내게 하는 구룡폭포에 다다른다. 용이 되어 하늘에 오른다는 화룡소(化龍沼)다. 우리나라에는 외설악의 비룡폭포와 토왕성폭포가 있고, 제주 서귀포의 천제연폭포와 개성 송악산 기슭의 박연폭포도 있지만, 우선 수량부터가 이에 미치지 못한다. 물론 백두산 천지에서 흘러온 물이 쏟아져 장관을 이루는 장백폭포만은 못하지만…….

여기에서 구룡폭포에 대해 잠깐 살펴본다. 폭포의 물줄기가 54.7m이고, 그 폭포수가 떨어진 밑에는 바위가 파져 깊고 파릇한 웅덩이인 구룡연이 되었는데, 그 깊이가 무려 13m에 달한다고 한다 이 폭포는 주위에 떨어지는 물기로 안개를 이뤄, 경관으로 치면 금강산 최고의 폭포라 할 수 있다.

송강은 다시 목청을 가다듬어 새삼 음정을 높여 노래하였다.

천심절벽을 반공에   세워 두고
은하수 큰 굽이를   마디마디 베어내어

구룡폭포는 금강산 4대 폭포의 하나로 천연기념물로 지정하여 관리하고 있다.

실과 같이 펼쳐서	베와 같이 걸었으니
〈도경(圖經)〉 열두 굽이	내 봄에는 여럿이라
이적선(李謫仙)이 이제 있어	다시 의논하게 되면
여산(廬山)이 여기보다	낫단 말 못하려니.

* 이적선 : 이백(702~762)

이태백이 중국 강서성 구강(九江)의 신선이 살았다는 여산에 자주 올라 수편의 시를 남겼는데, 그 중에서 칠언절구 〈여산폭포를 바라보며〉는 후학들로 하여금 많은 애송을 받았다.

향로봉에 해가 비쳐 물안개 보얗게 일고
폭포는 아슬하다 앞내가 세로 걸린 듯.
삼천 척을 곧바로 쏟아져 날려 흐르니
분명코 은하수가 하늘에서 떨어지는 듯.

日照香爐生紫煙
遙看瀑布掛長川.
飛流直下三千尺
疑是銀河落九天.

* 장천(長川)은 중국 문헌에는 전천(前川)으로 기록되어 있다.

사뭇 인간 세상이 아니라고 유난스런 허풍을 떨었다. 그러나 필자가 지난번 짐짓 여산을 찾아가 보았더니 황망하기 그지없는 광경이었다. 수량도 적었고 주변의 경치 또한 볼거리도 못되어 그야말로 이태백의 과장이 무색할 지경이었는데, 거기에 비하면 구룡폭포는 우리가 자랑하고도 남을 절경이란다. 특히 구룡폭포에서는 바른편 아래 새겨진 '미륵불(彌勒佛)'이라는 큰 글씨에 얽힌 사연 또한 되짚어 볼 수 있는 기회를 가질 수 있다. 이 글씨는 당대의 대표적인 서예가 해강(海岡) 김규진(金圭鎭, 1868~1933)이 썼는데, 미륵불의 불(佛)자 마지막에 내리 그은 획의 길이를 구룡연의 깊이와 같은 13m로 새겨 놓았다 한다. 이를 새기는 비용은 당시 불교계에 영향력이 컸던 석두(石頭, 효봉 스님의 은사) 스님의 발원과, 당시의 불교종단 30본산 주지의 시주로 이루어졌다 한다. 그때 이 글씨를 쓸 붓이 마땅치 않아 일본 북해도 말목장에서 말꼬리를 사다가 붓을 매어 썼다고 한다. 그러니 먹이 얼마나 많이 들었겠는가! 정말 희한한 사단이다

그리고 이태백은 중국 사천성의 아미산(峨眉山, 3079m)을 천하의 명산이라고 과시했지만, 사실 실제 등반해 보면 정상의 구름바다(雲海) 이외에 경치는 보잘것없다 한다. 특히 물이 없는 것이 흠이라는데, 이에 비하면 금강산은 바위를 굽이치는 냇물이 곁따라서 운치를 드높이고 있으니, 아예 들이굽는 아호(阿好)가 아님은 구룡폭포 앞에 서서 보면 입증이 되고도 남을 것이다. 오죽하면 중국인이 '우리 고려국에 태어나 한 번 금강산을 보고지고'라는 한풀이를 남겼겠는가! 자존심이 대단한 중국인들이 이렇게 말할 수 있다는 것은 특기할 일이 아닐 수 없다.

구룡연에서 엄청난 장관에 팔려 돌아서는 발길이 떨어지지 않는 것을 억지로 외금강으로 돌려 내려오다 보면, 이름조차 아리따운 연주암과 옥류동을 거치게 되고, 신계사를 지나 다시 내려오면 온정리 마을이 나선다. 그러니까 신선에서 비로소 인간에 내려온 느낌이 드는 과갈스런 마을이다. 여기에는 따끈한 온천이 있어 험한 돌길을 오르내리느라 시달린 몸

1920년대 신계사(神溪寺)전경
신계사는 신라 법흥왕 때 보운조사(普雲祖師)가 창건했다고 전한다.

을 푹 담글 수 있어 한결 좋다. 정녕 조화의 하늘은 이 같은 배려까지 아끼지 않은 것이다.

물론 금강산 하면 허연 바위와 조화를 이룬 진다홍의 단풍이 제일이다. 그래서 여름을 봉래, 가을을 풍악이라 불렀던 것이다. 우리는 설악산과 오대산, 그리고 지리산 피아골과 내장산의 단풍을 꼽지만 금강산의 단풍에 비기면 어림도 없다. 특히 내금강의 바위와 냇물에 어린 단풍의 자연스런 조화는 그림이나 칼라사진이 아니고는 무어라 표현하기 어려운 절경이다. 그리고 비로봉에서 붉게 단풍진 금강을 굽어보는 맛은 자연의 멋

신계사 대웅보전

을 부리는 눈매라야 비로소 장관을 실감할 수 있다.

이러구러 내금강과 외금강에 얽힌 해묵은 사연을 다소 살폈지만, 역시 말을 달리면서 산을 바라 본 주마간산(走馬看山)격이었는데, 실은 말을 달리면서 꽃을 바라본 주마관화(走馬觀花)격이었다.

온정리에서 발길을 돌려 명사십리에 붉은 해당화가 깔린 동해로 가면 해금강이 있는데 그 전에는 울긋불긋한 돛배가 너울거려 흥겨운 곳이었다.

가자미로 유명한 장전 위에 있는 통천의 명승인 나는 듯한 정자, 총석정 아래엔 석영(石英)의 결정체인 육각의 수정암(水晶岩) 기둥 너덧 개가 우 뚝 솟아 있고, 그 밑에 거센 파도가 간헐적으로 부딪치며 수정암의 돌기 등 아랫도리만 들이치고 이내 부서지는 포말의 광경을 볼 수 있는데, 이 는 실로 장관이다. 또한 내려오면 영랑을 비롯한 사선(四仙)이 놀았다는 삼일포도 있다. 거기에는 넓은 바위에 신선이 써서 새겼다는 붉은 글씨가 뚜렷하고, 다시 고성의 입석리로 내려오다 보면 바닷가에 바위가 우뚝 서 있는데, 그 중간에 푸른 해송이 띄엄띄엄 자생해서 바위와 대자연이 조화

를 이루어 더욱 신비롭다 한다.

　이렇듯 율곡 선생의 〈금강산 답사기〉를 풀이함에 앞서 석전 선생이 자랑스러운 듯 들려주신 금강산에 얽힌 숨은 사연을 마치 나의 체험처럼 적어 보았다.

　율곡 선생은 요즘처럼 한낱 보고 지나며 금강산을 여행한 것이 아니었다. 일 년 동안 울력 삼아 함께 수도하는 도반을 데리고 금강산 구석구석을 몸소 오르내리면서, 직접 보고 듣고 생각한 바를 기록하는 생활을 하

삼일포(三日浦) 전경

해금강(海金剛) 전경

였다. 그렇기 때문에 율곡 선생의 시를 읽으면 금강산의 전모를 소상히 짐작할 수 있으며, 그래서 또한 더욱 값지다.

한낱 눈요기에 불과한 사진이나 비디오, 그리고 잔달은 기행문보다 훨씬 자상한 사실적인 녹화임을 분명히 알 수 있다.

율곡 선생
〈금강산 답사기〉 풀이

　금강산은 천하에서 제일 아름다운 산인 만큼 불리는 이름 또한 철에 따라 다르다. 곧 봄은 불보살이 머문다고 해서 '기달 또는 '금강', 여름은 신선이 머문다고 해서 '봉래', 가을은 단풍으로 뒤덮여 '풍악', 겨울은 온 산이 허연 바위라서 '개골'이라 일컫는다.

　그 중 특히 봄을 기달이라 한 것은 ≪화엄경≫에 '금강산은 전라도 장흥의 천관산과 같이 불보살이 머물러 거기에 석가모니 부처님의 진신사리를 모셨다.'는 기록과 관련이 있어 보인다. 이 기록은 또한 세종 29년(1447)에 간행한 ≪석보상절≫ 제24권에 실려 있는 내용과 동일하다. 곧 아소카왕이 온 세상에 부처님의 사리탑 4만 8천 개를 세우는데 중국에 19기가 섰고, 그 중의 2기가 우리나라 강원도 회양 금강산과, 전라도 장흥 천관산에 세워져 그지없이 신령한 일이 계시다고 한 것이다.

　이렇듯 금강산은 일찍부터 널리 알려진 명산이었다.

　율곡 선생(1536~1584)은 19세 때 금강산에 입산하여 〈풍악행〉의 장편을 비롯하여 〈만폭동〉, 〈비로봉〉 등 10여 편의 금강산 기행시를 남겼다.

　기행시라면 당나라의 시성 두보의 장편 고시인 140구 700자의 〈북정〉을 첫손으로 꼽음이 통례다. 그래서 당나라 대문장가 한퇴지의 〈남산시〉

역시 그 울에서 벗어나지 않았다. 그러나 600구 3000언에 걸친 〈풍악행〉은 시로써 산문을 대신한 대작으로, 마치 그림을 읽는 듯한 사실의 대서사시이다. 사실 금강산 기행이라면 가서 직접 오르면서 바라보고, 내려오면서 굽어보아야 하므로 제대로 보려면 내금강에서 며칠, 외금강에서 며칠, 그리고 해금강에서 하루쯤 공을 들여야 한다. 그러니까 앞으로 오고감이 자유로워진다 해도 율곡 선생과 같은 기행시는 써내기 어려울 것이다.

우리문학사에는 금강산을 소재로 하여 쓴 글들이 많이 남아 전한다. 이곡의 〈동유기〉, 안축의 〈관동별곡〉, 이제현의 〈금강이절〉, 남효온의 〈금강산기행〉, 정철의 〈관동별곡〉, 김창협과 김창흡의 〈금강기행시〉, 황현의 〈금강산묵〉, 이광수의 〈금강산기행〉, 최남선의 〈금강예찬〉, 박한영의 〈금강산기행시〉가 있고 가곡으로 널리 불리는 이은상의 〈금강기행〉이 있다.

이들 중 금강산에 대해 비교적 자세히 쓰여진 기행시인, 최남선의 〈금강예찬〉이나 이광수의 〈금강산기행〉도 율곡 선생의 〈금강산 기행시〉에 비교하면 실은 겉핥기의 기행문에 지나지 않는다. 1년 남짓 금강산을 두루 돌아보며, 가멸찬 문력으로 빚어낸 율곡 선생의 〈금강산 답사기〉에 비하면 우선 실경 묘사의 재치에서부터 뒤진다.

이들 탐승기는 대체로 말이나 가마를 타고 유람하며 쓰여진 것들이어서 주마간산식의 표현이 대부분이며, 탐승기간도 짧아 오밀조밀한 금강산의 아름다움을 표현함에 있어 부족한 것이 사실이다. 탐승한 기록만을 접해도 미지의 승경에 대한 객관의 물색상태가 눈에 선해야 구실을 다하는 기행시요, 기행문이다. 그림 또한 겸재 정선의 진경산수도라 해서 겉모양만 그렸지, 그 골짝은 그리지 못해 원경만 짐작할 따름이다.

기행이라고 사실에 치우치면 객관이 넘나들어서 심심풀이 글이 되기 쉽고, 반면에 사실이 부실한 기행은 주관적인 감상문이 되기가 쉽다.

천선대(天仙臺) 전경
천선대는 하늘나라 신선들이 내려와 놀았다 하여 붙여진 이름이다.

율곡 선생의 〈금강산 답사기〉는 산문이 아닌 시이기에 사실묘사의 재치와 감칠맛이 남다르다. 일기가성(一氣呵聲)의 호방한 문력으로 단숨에 객관의 물상을 묘파하여, 금강산의 수려한 모습과 기기 묘묘한 자태를 잘 나타내었다.

본 글은 이러한 율곡 선생의 〈금강산 답사기〉인, 600구 3000언의 장시를 대상으로 그 속에 나타난 내용을 분석해 보고자 한다.

이를 위해 먼저 금강산의 절경을 기술한 내용에 따라 기·승·전·결 4단으로 큰 묶음을 하고, 이를 다시 세분해서 25단락으로 구분지어 살피고자 한다. 물론 단락 구분에 있어 다른 견해도 있을 줄로 안다. 그러나 이는 나름대로 풀이하여 이해를 돕기 위한 방편에 불과함을 전제해 둔다.

번역은 오언시이기 때문에 원작의 감흥을 해치지 않는 범위 내에서 읽기 쉽도록 자수율을 맞춰 가급적 우리의 시조나 민요조의 노래 가락인 3·4·5조나 4·3·5조로 풀었다.

〈금강산 답사기〉에 나오는 금강산의 명승

일반적으로 금강산의 절경은 크게 외금강·내금강·해금강 셋으로 나누며, 이를 또한 외금강 11, 내금강 8, 해금강 3개 구역 등 모두 22개 경관으로 구분할 수 있다. 따라서 이 〈금강산 답사기〉에서는 외금강 4, 내금강 5개 구역으로 나누어 살펴볼 수 있으나, 아쉽게도 해금강에 대한 탐승 기록은 드물다.

기·승·전·결로 구성된 600구 3000언의 대단원을 다시 25단락으로 세분해 나눌 수 있으며, 단락별 내용을 간추리면 아래와 같다.

구분 전개	단 락	내 용 요 약
기(起)	1~2	태초에 '음양동정'의 기틀 속에 천하명산 금강산이 생성되게 된 내력을 설명
승(承)	3~21	내금강과 외금강 비경속을 오르내리며 들본 바 절경을 남김없이 소개
전(轉)	22~24	기묘한 생김새와 관련한 전설을 인용, 금강산의 신비함을 부각
결(結)	25	오언고시 600구 3000언의 〈금강산시〉 대단원을 기술하게 된 동기를 서술

또한 〈금강산시〉에 나오는 명승지를 살펴보면 다음과 같다.

구분 명승지별	개 소	명 승 지				
사찰	7	장안사	유점사	마하연	표훈사	개심사
		정양사	발연사			
암자	41	금장암	은장암	명적암	영은암	보현암
		성불암	두운암	진경성	향로암	내원암
		난초암	묘길상	문수암	불지암	묘봉암
		사자암	만회암	만경암	홍성암	백운암
		선 암	가섭암	묘덕암	능인암	견성암
		원통암	진불암	수선암	기기암	개심암
		천덕암	천진암	안심암	돈도암	신림암
		지엄암	오현암	안양암	청련암	운고암
		송라암				
계곡	5	시왕동	만폭동	성문동	구연동	발연동
폭포	6	구룡폭포	십이폭포	영신폭포	누운폭포	
		용연폭포	수정렴폭포			
산봉우리	16	미륵봉	구정봉	영랑봉	일출봉	월출봉
		장군봉	집선봉	수정봉	법기봉	혈망봉
		관음봉	법륜봉	촉대봉	칠성봉	석가봉
		비로봉				

대	11	은선대 명경대 백운대 연하대 불정대 만경대 수미대 망고대 비룡대 금강대 망군대				
못	5	화룡담	구룡담	용연담	옥류담	상팔담
합계	91					

600구 3000언의 금강산 예찬

문헌에 의하면 금강산은 주로 중생계 흑운모(黑雲母) 화강암으로 이루어졌으며, 주변은 시생대(始生代) 편마암과 혼성암류로 이루어져 있다. 이 암석들은 오랜 지질시대를 거치면서 융기운동과 풍화작용에 의해 다양하게 깎이어 오늘의 기암절벽을 이루었다. 중부지방의 동해와 서해안의 분수령을 이루고 있는 태백산 줄기 북부에 자리잡고 있으며, 남북 강원도의 진산(鎭山)으로 북으로는 안변, 남으로는 강릉, 동쪽으로는 큰 바다, 서쪽으로는 춘천의 경계와 통한다. 통천, 고성, 회양, 양구, 철원의 여러 고을이 산기슭 안팎에 분포하고 있다.

율곡 선생은 1554년 3월 19세 때 어머니 삼년상을 마치고 지금의 동대문을 나와 철원 심원사, 보개산을 거쳐 단발령을 넘어 금강산으로 들어갔다. 일년 남짓 금강산에 묵으면서 함께 수도하는 도반(道伴)을 데리고 금강산 구석구석을 오르내리며 직접 보고, 듣고, 생각한 바를 고스란히 사실대로 시로 옮겼다. 따라서 시만으로도 금강산의 전모를 소상히 짐작할 수 있다.

우선 율곡 선생은 〈금강산 답사기〉의 머리글에서 글을 쓰게 된 동기와

경위를 다음과 같이 밝히고 있다.

> 내가 풍악산을 유람하면서도 게을러 시를 짓지 않았다가 유람을 마
> 치고 나서 이제야 들은 것 또는 본 것들을 주워 모아 3천 마디의 말
> 을 구성하였다. 감히 시라고 할 것은 못되고 다만 몸소 경험한 바를
> 기록했을 뿐이므로 말이 더러 속되고 글도 더러 중복되었으니 보는
> 이들은 비웃지 말기를 바란다.
>
> 余之遊楓岳也 懶不作詩 登覽旣畢 乃芝所聞所見 成三千言 非敢爲詩
> 只錄所經歷者耳 言或俚野 韻或再押 觀者勿嗤.

글머리는 주역(周易)의 이치를 앞세워 장엄한 대자연의 섭리를 뛰어난
문장력으로 피력하고 있다. 바로 천지개벽에서 조화와 창조로 이루어진
개골산 금강이라 붓을 가다듬어 대장정(大長征)의 길을 열었다.

> 아득한 옛날 천지가 개벽하기 전
> 하늘과 땅의 두 본을 나눌 수 없었네
> 음과 양이 서로 동하고 고요함이여
> 그 누가 기틀을 잡았단 말인가
> 만물의 변화는 자국이 안 뵈는데
> 미묘한 이치는 기이하고 기이해
> 하늘과 땅이 열리고 나서야
> 이에 위와 아래가 나누어졌네
> 그 중간 만물의 형태 있지만
> 일체의 이름을 붙이질 못해
> 물이란 천지의 피가 되었고

흙이란 천지의 살이 되었네
흰 뼈가 쌓이고 쌓인 곳에는
저절로 높은 산이 이루어졌으니
맑고 고운 기운이 모인 이 산을
이름하여 개골이라 붙여 놓았네.

混沌未判時	不得分兩儀
陰陽互動靜	孰能執其機
化物不見迹	妙理奇乎奇
乾坤旣開闢	上下分於斯
中間萬物形	一切難可名
水爲天地血	土成天地肉
白骨所積處	自成山崒崔
特鍾淸淑氣	名之以皆骨

'음양동정(陰陽動靜)'의 기틀 속에 하늘과 땅이 열리고 아울러 아름다운 금강산이 생겨나게 되었다고 하였다.

개골이란 이름은 흰 뼈와 같은 화강암이 쌓여 이루어졌기 때문에 붙여진 이름이며, 겨울 금강의 별칭 '개골'이란 이름도 여기에서 비롯되었다. 금강산은 다른 어느 산과도 견줄 수 없을 정도로 뛰어나 '금강산을 보기 전에는 천하의 산수를 말하지 말라.'는 극단적인 말까지 나돌게 되었다. 이처럼 풍광이 뛰어났으므로 금강산에 해서금강(장수산)·함경금강(칠보산)·의주금강(석숭산)·동래금강(금정산) 등 명승지의 별칭을 붙이기도 했다. 심지어 자존심이 대단했던 중국 사람들까지도 금강산을 한 번 보기를 소원처럼 여겼다.

'구름은 옥으로 된 자가 되어 금강산을 재고 있다.'라는 표현 그대로다.

아름답단 이름이 사해에 퍼져

모두가 이 나라에 나길 원했네.

만물상(萬物像)은 바라보는 사람의 시각과 상상에 따라 천태만상으로 달리 보인다 하여 붙여진 이름이
며, 금강산에서도 으뜸으로 꼽히는 곳이다.

세속말에 의하면 중국 사람들이 이르기를 '원컨대 고려국에 태어나서 몸소
금강산을 보았으면' 하였다 함.

諺傳 中華人 有言曰 願生高麗國 親見金剛山 云.

공동산 부주산 이런 산들은
여기에 비기면 보잘것없지
일찍이 지괴에서 들은 얘기론
하늘의 형상도 돌이었다네
그래서 그 옛날 여와씨께서
돌을 달궈 그 홈을 때웠다 하네
이 산은 하늘에서 떨어져 왔지
속세에서 생겨난 산이 아니리
나아가면 하얀 눈을 밟는 듯하고
바라보면 늘어선 구슬과 같아
이제야 알겠구나 조물주 솜씨
여기서 있는 힘 다 쏟은 줄을
이름만 들어도 사모하는데
하물며 멀지 않은 곳에 있어랴.

佳名播四海　　咸願生吾國
崆峒與不周　　比此皆奴僕
吾聞於志怪　　天形皆是石
所以女媧氏　　鍊石補其缺
玆山墜於天　　不是下界物
就之如踏雪　　望之加森玉
方知造物手　　向此盡其力
聞名尙有慕　　況在不遠域.

제2단락에서는 금강산은 중국 전설상에 나오는 공동산과 곤륜산 서북쪽에 있는 현세의 부주산과도 비교가 될 수 없으며, 하늘에서 떨어져 나왔지 속세에서 생겨난 산이 아니다.'라고 극찬했다. 그래서 아름답단 이름이 온 세상에 퍼지자 그 신비한 산을 보고자 모두가 이 나라에 태어나길 원했다고 했다. 봉래(蓬萊) 양사언(楊士彦)도 '산위에 산 있으니 하늘에서 나온 땅'이라고 찬사를 아끼지 않았다 그러니까 고려국에 태어나 금강산을 몸소 보고 싶다는 소원이 한낱 너스레가 아님을 알 수 있다. 또한 여와씨와 관련된 상고 때의 고사를 인용하여 금강산의 기묘함을 부각시키기도 했다. 제1단은 600구 3000언 〈금강산 답사기〉의 발단으로 태초에 '음양동정'의 기틀 속에 천하 명산이 생성된 내력을 길잡이 삼아 밝혀 놓았다.

꿈에서도 그린 금강산행

워낙 산자수려한 성장 환경이 애초부터 산과 물을 좋아하는 본성을 지니게 했음인지, 율곡 선생은 진작에 산수를 좋아하였다. 사계 김장생(金長生)이 쓴 율곡 선생의 행장(行狀)에도 '선생은 산수를 찾아 즐기는 취미가 있어 무릇 뛰어난 명승지는 가보지 않은 곳이 없을 정도'라고 했으며, 율곡 선생 자신도 '나는 타고난 천성이 산수를 좋아 해, 성품은 뛰노는 고기와 날아다니는 새와 같아 끝내는 산수간에 노닐다 그 곳에서 그치리라.'고 하였다. 이로 볼 때 율곡 선생은 자연과 더불어 친애하는 성품임을 짐작할 수 있다. 그래서 꿈에도 그리던 금강산을 즐거운 마음으로 찾았다고 했다.

　　　내 평생 산수를 좋아하다 보니

'성동인우 애지산학' 탁본 서울 서대문구 홍파동에 있던 율곡선생의 친필

일찍부터 발걸음 한가치 않아
지난번 꿈에서 금강산을 봤는데
멀리 있는 금강산이 베개맡에 왔었댔지
오늘에 호연히 당도 하니
천리가 지척과 한가지구나.

余生愛山水　　不曾閒我足
夙昔夢見之　　天涯移枕席
今朝浩然來　　千里同咫尺.

　　불교에 귀의하려는 뜻이 전혀 없었다고는 할 수 없지만, 그의 금강 입산
은 무엇보다 심신의 단련으로 요산요수(樂山樂水)의 교훈을 체득하기 위
한 기틀을 마련하고자 함이었다. 그의 〈행장〉에도 공자의 말을 인용해서,

외금강 오봉산
누구나 한 번 보면 너나 없이 머리를 깎고 머물고 싶어했던 금강산이다.

슬기로운 사람은 물을 좋아하고 어진 사람은 산을 좋아한다 하였는데, '산을 좋아하는 것은 그 우뚝 솟아 있는 것만을 취하는 것이 아니라 그 의젓하고 고요한 도를 취해서 본받는 것이며, 물을 좋아하는 것은 그 흘러가는 것만을 취하는 것이 아니라 그 움직이는 도를 취해서 본받는 것이니, 어질고 지혜로운 자가 기를 기르는 데 있어 산과 물을 제외하고 어디에서 찾겠는가'라고 하였다. 율곡 선생에 있어서 자연은 결코 안식처만이 아니라 모름지기 더불어 생활함으로써 자연의 이법(理法)을 깨닫고 배울 수 있는 대상으로 간주되었던 것이다. 따라서 율곡 선생의 입산은 자연을 사랑하는 정신을 가지고 자연의 소리에 귀를 기울일 줄 아는 군자다운 삶을 본받기 위한 행위였던 것으로 보인다.

다음은 예로부터 금강산 구경이 여기서부터 시작된다는 단발령(斷髮嶺)이다.

처음에는 떠돌이 스님을 따라
우뚝한 뭇산을 모두 지나서
점점 더 좋은 경계 들어가자니
오솔길 지루함 모두 잊었네
정말로 참모습을 보기 위해서
곧바로 단발령에 오르고 보니

산에까지 30리를 채 못가서 재가 있으니 그 이름이 바로 단발령이다. 올라가 바라보니 산의 전체가 우뚝 솟아 있어 마치 하늘을 떠받치고 있는 듯 삼연히 공경할 만 하였다.

未至山三十里有嶺 名曰 斷髮嶺 登眺則 望見山之 全體突兀撑天 森然可敬也.

금강산 봉우리 만 이천 봉이
눈길이 닿는 곳 모두 맑구나
안개는 바람에 산산 흩지고
우뚝한 그 형세 허공에 섰네
바라만 보아도 이미 기쁜데

하물며 산 속을 유람함이랴

기쁜 맘에 지팡일 잡긴 했으나

산길은 오히려 끝이 없구나

시냇물 둘로 갈려 흘러오는데

골짜긴 어이해 끝도 없는지

동구에 두 시냇물이 흘러 하나는 비로봉 물의 딴 갈래이고 하나는 일만 이천 봉 물인데 두 갈래 물이 합류해서 흘러간다.

洞口二溪分流 一則 毗盧峯水爲別派 一則 一萬二千峯 水合流而去也.

위태로운 다리라서 오금이 떨려

이끼 낀 바위에서 자주 쉬었네.

初從行脚僧　　過盡千山禿

漸漸入佳境　　渾忘行逕永

欲見眞面目　　須登斷髮嶺

一萬二千峯　　極目皆淸淨

浮崗散長風　　突兀撑靑空

遠望已可喜　　何況遊山中

欣然曳靑藜　　山路更無窮

溪分兩派流　　出谷何悠悠

危橋幾酸股　　苔石頻就休.

별빛이 아롱진 금강산 모습을 이곳에서 바라보게 되면 마음이 흔들리고 정신이 황홀해서 자신도 모르게 못내는 머리를 깎고 중이 된다고 해서 붙여진 단발령이다. 신라말 마의태자가 아버지 경순왕에게 하직 인사를 올리고 이곳에 도착하여 금강산의 여러 봉우리를 바라보고 출가를 다짐하는 뜻에서 머리를 깎았다고 한다.

단발령은 금강산 도로망의 요충지로서 내금강 장안사를 연결하는 1000m 가량의 금강전철 터널이 뚫려 있던 곳이다. 내·외금강 명승도 이곳을 지나야 비로소 진면목을 볼 수 있다. 그래서 율곡 선생도 평소에 그리던 자신의 꿈을 이곳에서부터 이룬 것이다. 그야말로 꿈이 현실로 드러났기 때문에 바로 이 단락은 율곡 선생 자신이 꿈을 이룬 대목이라 볼 수 있다.

다음은 수려한 산자락에 포근히 감싸여 있는 금강산 4대 사찰의 하나인 장안사(長安寺)에 들어서서의 기술이다.

맨 처음 장안사에 들어가니까
동구에 구름이 잠시 걷혔다
절간은 화재를 만난 뒤라서
새로이 범종루를 세우고 있네

산 동구에 있는 장안사가 몇 해 전에 화재를 당한 뒤라서 그 절 스님들이 범종루를 중창하는 중이었다.
山之洞門寺日 長安 數年前失火 有僧重創 起鐘樓.

스님들은 산길에 흩어져 있고
나무 베는 소리에 산은 그윽해
문 곁에 서 있는 사천왕상은
성난 눈이 사람을 놀라게 하네

1920년대 장안사 전경
장안사는 신라 법흥왕의 발원으로 514년 진표율사(眞表律師)가 창건했다고 한다.

장안사와 유점사는 모두 천왕상이 있다.

長安與楡岾 皆有天王像.

뜰 앞엔 무엇이 있나 했더니
작약꽃 떨기가 붉게 피었네
선방의 평상에서 두 발을 뻗고
하룻밤 묵으면서 피로 풀었네
내일 아침 갈 곳이 어듸메인고
꼬불꼬불 산길은 천만 구빈데.

最初入長安　洞口雲乍收

琳宮値火後　新起梵鐘樓

居僧散樵徑　伐木山更幽

天王入門側　怒眼令人愕

庭前何所有　數叢紅芍藥

禪床展兩足　困疲留一宿

明朝向何許　路轉千萬曲.

　내금강 장경봉 아래에 자리한 장안사는 신라 법홍왕대에 창건하였다. 중국 원나라 순제(順帝)의 왕후가 고려 사람이었기 때문에 황제가 태자를 위하여 많은 금과 공인(工人)을 보내 새롭게 중건하게 하였는데 뛰어난 솜씨로 정성을 다하였기 때문에 전국에서도 그 유례를 찾기 힘들 정도로 웅장하다고 한다.

　1458년 세조가 행차하여 대웅전을 중수케 하고 토지를 하사하였다. 수려한 주위 경치로 인해 머무르다 보면 선(禪)에 든다고 해서 이곡(李穀)도 이곳에 머무르며 '시냇물 솔바람이 선으로 들게 하네.'라고 하였다.

　다음은 유점사(楡岾寺) 경내의 안팎을 읊은 6단락이다.

금장암 은장암의 이 두 암자는

푸르른 벼랑곁에 높이 차지해

금장과 은장의 두 암자는 장안사 동편에 있다.

金藏與銀藏二庵 在長安寺東.

보이는 것마다 점점 신기해

계곡과 산 등을 나고 들었다

내 앞에 우뚝 선 높은 봉우린

모두가 필보로 단장을 한 듯

한 봉우리가 두 암자 동편에 있어 기암괴석이 마치 영락 구슬이 드리워진

것 같으므로 산승이 칠보장엄이라 일컫는다.

有一峯 在二庵之東 奇巖怪石 如瓔珞之垂 山僧稱七寶莊嚴.

이윽고 유점사 부근에 오니

소나무가 울창히 줄을 이뤘네

날 듯한 누각이 시내에 걸쳐

푸른 산 그림자 빛을 가리네

절문 앞에 누각이 냇물에 걸쳐 있으므로 이름을 산영루라 하였다.

有樓當門 跨澗 名曰山暎.

유점사 절문 앞의 넓은 평지엔

풀들이 봄을 맞아 파릇파릇해

문에 드니 놀래어 진땀이 나고

양편에는 신장이 마주 서 있다

청사자와 더불어 흰 코끼리가

두 눈을 부라리고 입까지 벌려

문에 서 있는 신장이 사자와 코끼리상이었고 그 몰골이나 눈이 다 우락 부

1920년대 유점사 전경
금강산 4대 사찰의 본산으로 3000칸이 넘었다고 한다. 53불을 비롯해 나옹화상의 가사, 보살계첩등이
보관되어 있었으며, 임진란 때 사명당이 승병을 일으킨 곳이기도 하다.

락해서 놀랄만 하였다.

門中立神像與獅像 面目皆獰惡 可駭.

종소리에 일제히 합장하는데

소매에 향연이 가볍게 돈다

뜰에는 높은 탑 우뚝 솟았고

그랑 댕그랑 풍경이 울려

유점사 능인보전(能仁寶殿)에 있던 53불 지금은 소실되고 없다.

날아갈 듯 자리잡은 삼매궁은

짜임새가 어찌 저리 웅장도 한가

법당 안에 오래된 부처의 상은

먼지에 금빛이 희뿌얘졌네

불상이 저 멀리 천축서 올 때

황룡이 따라서 바다를 건너

전설을 듣자하니 니암과 게방은

낱낱이 그 발자취 남겨놓았네

진실의 여부야 알 수 없지만

이 일이 제해와 같다고 할까.

절 기사에 실려 있기를 '천축 사람이 불상 53구를 만들어 바다에 띄웠더니 황룡이 이 불상을 업고 이 산에 도착하였다. 고성 사람이 소문을 듣고 불상을 찾아갔더니 길가에 작은 사람의 발자취가 있는 것이 보였다.

이에 산중으로 들어가니 석가모니가 돌에 걸터앉아 그 불상이 있는 곳을 가리키므로 거기에다 유점사를 지어 안치하였다. 후에 사람들이 석가모니가 걸터앉은 돌이라 하여 이를 니암이라 하고 그 발자취를 본 곳을 이름 하여 게방이라 한다.'고 하였다.

寺之記事 載天竺人 鑄佛像 五十三軀 泛之于海 有黃龍負之 到于此山 高城人 聞而尋之 見路房 有小人迹 乃入山中 有尼指其像處 乃搆楡岾寺以安焉 後人以尼所踞石爲尼岩 後人以尼以見迹處 爲憩房云.

金藏與銀藏	高占蒼崖旁
所見漸奇秀	出入行磵岡
高峯立我前	七寶爲其粧
忽近楡岾寺	松檜鬱成行
飛樓跨磵水	暎奪靑山光
門前平地闊	沙草逢春綠
入門駭汗出	神將相對立
靑獅與白象	牙口瞋雙目
撞鐘千指迎	繞袖香煙輕
庭中聳高塔	風鐸聲琮琤
翬飛三昧宮	結搆何其雄
堂中古佛像	塵埃暗金容
遠自天竺來	駕海隨黃龍

尼巖與憩房　　一一留其蹤
眞贗不可辨　　事與齊諧同.

　유점사의 옛 기록을 토대로 가람터를 정한 내력과 석가모니가 걸 터앉
았다는 '니암'의 내력을 소개하였다 율곡 자신은 그것을 '제해(齊諧)'에
기록된 괴이한 일 같다고 일축하였다. 명산에는 산승이 과장해서 이야기
를 꾸며 신비화시킨 것들이 흔하다. 그러나 유점사에는 선조 임금의 계비
인목왕후의 친필과 정명공주가 직접 쓴 사경 한 권이 보관되어 있던 유명
한 절이기도 하다.
　다음은 7단락으로 외금강의 명승 구역 가운데 제일 남쪽에 위치한 은선
대 구역에 속하는 기술이다.

　　　　서편에 명적암이 자리잡았고
　　　　동편엔 홍성암이 자리를 했네
　　　　잠시도 쉬지 않고 그윽한 곳 찾아
　　　　흥겹게 노을 속을 들어가니까
　　　　적막감이 감도는 두운암에는
　　　　구름속 물방아가 멋대로 도네

　　　　두운암은 유점사 북쪽에 있다.
　　　　斗雲庵 在楡岾之北.

　　　　시냇가 돌다리를 건너고 나니
　　　　활기찬 물소리 끝이 없구나
　　　　성불암은 높은 봉에 의지해 있고

드넓은 바다는 동창 밖에 뵈네.

성불암은 두운암의 동북쪽에 있어 불정대와 서로 연이어 있는데 동해를 굽
어볼 수 있다.
成佛庵 在斗雲庵之東北 與佛頂臺相連 俯見東海.

明寂庵在西	興聖庵在束
尋幽不暫閒	興入煙霞濃
寂寥斗雲庵	雲碓水自舂
臨溪渡石矼	活水聲淙淙
成佛倚高峯	滄溟在東窓.

　　고요가 감도는 두운암이다 구름에 잠겨 있는 암자니 청정한 도량 그대
로다. 눈으로 보는 그윽한 정적(靜的)인 경치와 귀로 듣는 동적(動的)인
물소리를 동시에 휘갑했다. 그래서 〈금강산 기행시〉는 시어(詩語)가 살
아 있어 마치 활동사진을 보는 듯한 느낌이 든다.
　　꿈에도 그리던 산이었기에 짚은 단장이 한가할 리 없었으며, 산행의 피
곤 또한 뒷전이었다. 금강산은 발걸음을 옮길수록 점점 더 아름다운 절경
속으로 빠져들 수 있는 곳이다.
　　불정대에서는 동쪽의 해뜨는 곳마저 손으로 만질 수 있다고 하여 다음
과 같이 읊었다.

　　드높고 우뚝한 저 불정대는
　　호젓한 절경에 견줌이 없네
　　일어나 해돋이를 바라다보니

붉은 구름 피어나 눈에 가득해

물과 하늘 모두가 끝도 없는데

불 기운에 수신은 놀랬나 보다

머리 들어 하얀 골짝 바라다보니

하늘에서 열 두 폭 깁 드리운 듯해

嵯峨佛頂臺　　孤絶更無雙

我來看朝曦　　滿目紅雲披

水天兩無際　　火氣驚憑夷

擧頭白巓面　　十二天紳垂.

　해돋이 장관과 금강산 4대 폭포의 하나인 십이폭포의 절경을 그렸다.

　이 십이폭포는 채하봉(1588m)과 소반덕(1428m) 사이의 골짜기로 떨어지는 폭포로 열 두 번이나 꺾여 떨어지므로 십이폭포라 부르며, 높이는 무려 289m나 된다. 폭포라면 중국의 여산폭포를 제일로 친다. 그러나 '이백이 이 폭포를 보게 되면 여산폭포가 아무리 좋다 한들 여기보다 못할 것'이라고 송강도 그의 〈관동별곡〉에서 무릎을 쳤다. 하늘에서 열 두 폭 비단을 드리운 것 같다.'는 표현이야말로 특출하게 맑고 빼어난 비유일 뿐만 아니라 경치를 묘사함에 정묘(精妙)를 다한 것으로 볼 수 있다. 이처럼 금강산의 영상을 환히 보이듯 묘파하는 솜씨는 시적(詩的) 본질을 두루 익히지 않고는 어려운 일이다.

　다음은 외금강 은선대 구역에 속하는 구연동을 기술했는데, 구연동은 내원동·미륵골·만경골이라고도 불리는 명승으로, 서북으로 일출봉·월출봉·장군봉이 저마다의 위용을 뽐내며 서 있는 곳이다.

新金剛 12瀑

십이폭포는 열 두 번이나 이어 떨어지므로 붙여진 이름이다.

돌아서 예전 길 찾아드니까
이르는 곳마다 기쁘기만 해
위 아래의 견성암 두 암자는
길가에 높다랗게 날 듯이 섰고

불정대에서 서편으로 가면 상견성, 하견성 두 암자가 다 두운암의 북쪽에
있다.
自佛頂臺還 西行則 上見性 下見性 二庵 皆在斗雲庵之北.

축수라고 이름한 석굴 하나는
스산한 물가에 자리 잡았다

축수굴은 하견성 서편에 있는데 앞에는 물이고 뒤에는 바위로 그 맑은 경치
가 좋았다.
在下見性之西 臨水背巖 淸致可愛.

영대암과 영은암 두 암자에는
구름 안개 자욱히 피어 오른다

두 암자는 축수굴 서남쪽에 있다.
二庵 在쓴修窟之西南.

험악한 길이라 힘겹게 건넜더니
두 다리를 스스로 가눌 길 없네
나무다리는 부서져 뗏목처럼 누웠고

길이 끊겨 나무가지 휘어잡기도

여울물 소쿠라져 귀는 멍하고

뿌리는 물방울 옷을 적시네

깊고도 그윽한 구연동에는

풀만이 우거져 인적 드물다

구연동은 영은암 서편에 있는데 그윽하고 깊으며 맑기가 그지없다.

九淵洞 在靈隱庵之西 幽深淸絶.

보현암 주위를 배회하다가

봉우리 쳐다보니 아찔아찔해

진견성 암자에 오를 맘 먹고

떠나려다 그대로 머물렀댔다

두 암자는 다 구연동 안에 있다.

二庵 皆在洞中.

오는 비 무릅쓰고 향로암 드니

사립문은 닫히고 인기척 없네

향로암은 구연동 남쪽에 있다.

香爐庵 在九淵洞之南.

음침한 하늘에 밤 기운 들자

온산에 일제히 비를 뿌린다

내원암서 반나절 머무는 동안

선탑에 기대어 기틀 잊음 배웠다

내원암은 향로암의 서북쪽에 있는데 여기서부터 점차 깊은 지경으로 들어
간다.

內院 在香爐之西北 漸入深境.

다시금 미륵봉을 찾아든 것도

1920년대 내원암 전경
금강산에서 가장 높은 곳에 위치하고 있어, 여름철에도 두터운 옷을 입고 지낸다고 한다.

목마름과 굶주림 같이 산 좋아하기 때문

봉우리가 부처님을 닮았다 해서

이름을 그렇게 붙였나 보다

미륵봉은 내원암의 서편에 있는데 봉우리 위의 바위 모양이 미륵불과 비슷

하다.

彌勒峯 在內院之西 峯上有石 形如彌勒焉.

回尋舊時路	到處皆可怡
上下二見性	臨路危夢飛
石窟名竺修	瀟灑澗之湄
靈臺與靈隱	雲霧生階墀
崎嶇勞涉險	兩脚難自持
橋摧臥古槎	路斷攀樹枝
流湍亂我耳	濺沫灑人衣
幽深九淵洞	草合人迹微
徘徊普賢庵	仰見峯巒危
寄傲眞見性	欲去仍留遲
冒雨入香爐	人靜關柴扉
天陰與夜氣	滿山同霏霏
內院半日留	禪榻學忘機
更尋彌勒峯	愛山如渴飢
峯頭石如佛	得名良在玆.

9단락에서는 공감감적인 이미지를 조화시켜 눈으로 보는 빼어난 경치

를 그려내는 수법과 귀로 듣는 소리를 동시에 적용해서 생생한 현장감을 부각시키고 있다. 운무에 휘감긴 암자를 구도로 잡고 흐르는 물소리로 생동감이 감돌게 했다. 인적이 드무니까 으레 숲이 우거졌으며, 게다가 사립문마저 닫혀 적막이 더하다. 속기라곤 찾아 볼 수 없는 그림속 선경 그대로다. 그러니 자연히 속세를 잊을 만도 했으니, 선탑에 기대어 기틀을 잊는 법을 배우고자 한 것도 당연한 귀착이라 할 것이다. 여기에서 그의 타고난 천성이 산수를 좋아한다는 친애자연적(親愛自然的) 성향이 그대로 나타났다고 할 수 있다. 오죽하면 율곡 선생은 '자연을 걸탐하는 것이 타고 난 고질병'이라고까지 했을까 말이다. 고요함 속에 움직임이 있고 움직임 속에 고요함이 있는 듯한 묘사에서 실경에 정까지 보탰으니 입체적 현상에서 풍기 는 감칠맛이 글자 밖에 서리었다.

금강산은 700m에서 1600m에 가까운 봉우리들이 일만 이천 개나 총총히 서 있어 우뚝 솟은 봉우리와 험준한 절벽 밑을 헤집고 돌아간 계곡은 그 수를 헤아리기 어렵다.

다음은 미륵봉 기슭에 있는 남초암 계곡이다.

　　　호젓한 남초암 쓸쓸하지만
　　　스님의 모습은 신선 같구나

　　암자가 미륵봉 남쪽에 있는데 가장 깊은 곳이다.
　　庵在峯之南 最爲深邃.

　　　나를 보자 스님이 음식 차려내
　　　향기로운 나물로 허기 면했네

이 골짜기에 산나물이 매우 많다.

洞中極多山菜.

이 산골 깊이가 얼마인지는
스님도 알지를 못한다 하네
옳다 그르단 소리 들리잖으니
무엇하러 일부러 귀를 씻으랴
저물면 잔나비와 함께 읊으며
아침엔 학을 따라 같이 일어나
발길 돌려 만경대에 올라서 보니
사방이 확 트여서 시원스럽네.

다시 동구를 향해 이내 만경대에 올랐다. 만경대는 남초암 동북편과 영은암
서북편에 위치하고 있다.

還向洞口 乃登此臺 在南草庵之東北 靈隱之西北.

蕭條南草庵	居僧有仙姿
見我薦山羞	香蔬療我饑
此洞深幾許	山僧亦不知
是非聲不至	何須勞洗耳
暮共白猿吟	朝隨蒼鶴起
還登萬景臺	四方皆洞視.

10단락에서는 깊이를 알 수 없는 선계를 방불케 하는 묘경에다 세속의
시비마저 들리지 않으니 구태여 귀까지 씻을 필요가 없다 하였다. 객체인

'깊은 계곡'을 주체화하되, 사물은 말 밖에 묻어둔 경중유정(景中有情) 그대로다. 경치를 서술함에 마음을 올로 삼고, 신선같은 말결을 무늬로 수놓아 곱기가 비단과 같다.

특히 이 단락은 고려시대 최치원(崔致遠)이 가야산에서 '옳다 그르단 수다가 내 귀에 다다를까봐 일부러 물을 흘려 온 산을 감싼거야 (常恐是 非聲到耳 故教流水盡籠山)'라고 읊은 글을 본받아 자신의 의중을 표현한 것이다. 최치원은 가야산 독서당에서 이 글을 읊고 신선이 되어 돌아갔다 고 하여 등선구(登仙句)라고도 한다. 자연의 순리를 쫓아 그 내면의 묘리 를 얻어 편한 마음으로 분수를 지키며 만족함을 아는 율곡 선생 자신의 한적함을 다잡은 대목이다. 수많은 폭포와 짙은 녹음이 기암절벽과 어우 러져 골짝마다 천하절승을 이루고 있는 바깥산을 두루 엮은 셈이다.

다음은 연이은 폭포와 계곡의 아름다움을 대표하는 안산의 승경이 펼쳐 지는 11단락이다.

이름이 양진인 동굴 있는데
너무나 맑아서 머물 수 없네

굴은 만경대의 서북 편에 있다.
窟在萬景臺西北.

속세와 격리된 별천지라서
세상을 등진 선비 살기 걸맞아
훗날에 다시 오길 기약하고
골짝을 나오면서 자꾸 돌아봐

이 산골짝의 암석은 다른 곳보다 희다.

此洞巖石 白於他處.

스님이 말하기를 안산이 좋지

바깥산은 미천한 광대 같다나

바깥산이 이렇게 수려할진대

하물며 안산은 오죽 좋으랴

서둘러 신선 경계 들어를 가서

속세의 찌든 병을 씻어야겠다.

산의 동남쪽을 바깥 산이라 하고 서북쪽을 안 산이라 하는데, 안 산이 더욱 기묘하게 뛰어나고 암석도 더욱 희다.

以山之東南 爲外山 西北爲內山 內山尤爲奇秀 巖石益白.

有窟名養眞	過淸難久止
人寰隔霄壤	宜居避世士
他時期再來	出洞頭屢回
僧言內山好	外山同興儓
外山已如此	況彼內山哉
急須入仙境	以滌塵中病.

　　바깥 산이 천만 가지 형상의 장엄하고 황홀한 산악미를 자랑하는 강인한 남성적인 미로 특징지어진다면, 안 산은 부드럽고 다정다감한 여성적인 미를 지니고 있는 것이 특징이라 할 수 있겠다. '별유천지비인간(別有天地非人間)'을 실감했으니 바깥산의 절경에 도취될 수밖에 없었다. 떠남

귀면암(鬼面岩)은 만물상의 첫 장관이 펼쳐지는 곳으로, 귀신 얼굴 같다고 하여 붙여진 이름이다.

이 아쉬워 훗날에 다시 오기를 다짐해 보나 역시 미덥지 못했다. 그래서
아쉬운 마음을 달래다 못해 골짝을 나오면서 자꾸 뒤를 돌아본 것이다.
결국 자연을 걸탐하는 고질병으로 인해 율곡 선생은 1575년 40세 때 다시
금강산을 찾고는 "명산을 저 버린 지 어언 이십 년, 다시 또 찾았건만 물

색은 옛 그대로네."라 하였다.

　다음은 백운대 구역에 있는 백운동 계곡을 답사한 부분으로 계곡미와 산악미를 동시에 볼 수 있는 12단락이다.

우거진 숲 그늘 속을 걷노라니까
저녁 바람 쉬임 없이 불어닥친다

영은암에서 북쪽으로 걸어가면 안산까지 당도할 수 있다.
自靈隱庵北 步入洞中 當到內山.

이름을 알 수 없는 산새 떼들은
저마다 지저귀며 날아들 간다
작은 시내 건너는 외나무다리
심하게 기울어 건널 수 없어
옷을 벗고 맑은 물과 장난을 하니
형체와 그림자가 서로 어울려
내 몸은 바위에 서서 있는데
하나는 물 속에 잠기어 있다
너야말로 지금은 내가 아니고
나야말로 지금은 바로 너란다
흩어지면 수많은 동파됐다가
잠깐 새에 또다시 여기 모이네
물 속에 어리 비친 나의 형체야
어디에 이르러도 헤식지 말라.

行行樹陰中　　晩風吹不定

옥류동 계곡의 맑은 물

山禽不知名	自呼三兩聲
小溪通略彴	欹側不可行
解衣弄清泚	形影聊相戲
一身在巖上	一身在水裏
爾今不是我	我今還是爾
散爲百東坡	頃刻復在此
好在水中人	到處無緇磷

창울임리(蒼鬱淋漓)한 청정 분위기가 풍긴다. '저마다 지저귀며 날아든
다.'는 고려시대 문인 이규보(李奎報)의 시 '꾀꼬리 울어싸서 꿈을 깨
었네(夢斷啼鶯三兩聲)'를 낚아 산중의 그윽함을 더했다. 물결이 너무 맑
아 물결 따라 어른거리는 물 속의 자신을 보며, 문득 다음과 같은 중국 소
동파의 시를 떠올린 것이다.

단장한 배를 타고 물 속을 굽어보며
물 속에 그림자를 누구냐 물어본다
갑자기 출렁거려 물결이 일더니만
수염과 눈썹이 어지럽게 어른거린다
물결이 흩어지니 여기저기 동파일세
잠깐 동안 흩어졌다 또다시 하나 되네.

書船俯明鏡	笑問汝爲誰
忽然生麟甲	亂我鬚與眉
散爲百東坡	頃刻復在玆.

이는 물이 맑다 못해 거울 같아야 가능하다. 그러나 한적을 빌미로 삼아 엮은 단순한 물결과의 희롱이 아니다. 수중에 비친 자신을 들여다보며, '자세가 확고하면 제 아무리 나쁜 것에도 영향을 받지 않는다.'는 공자 말씀을 귀담겠다는 다짐이 자못 옹골차다. 마음 속에서 불태운 도사림이 글자 밖에 묻어나서 자연을 통한 진리의 깨우침으로 율곡 선생의 마음을 드러낸 대목이라 할 수 있다.

다음은 해발 846m 백운동 계곡에 자리한 마하연이다

묘길상은 선암으로 알려져 있어
주변은 말끔하고 티 하나 없다

묘길상은 내산에서 최초로 보는 암자다.
妙吉祥 內山最初所見庵也.

묘길상 옆에 있는 문수 암자는
지세가 신비로워 찾기 어렵네
오르고 또 오르면 불지암이라
험난한 산비탈을 몇 번 거쳤나

암자는 묘길상의 서쪽에 있다.
庵在妙吉祥西.

바위 밑에 조그마한 암자 하나를
그 이름 계빈이라 부르고 있네

1920년대 삼불암(三佛岩) 전경

묘길상(妙吉祥) 불상은 지혜를 상징하는 문수보살의 다른 이름으로, 고려말 나옹(懶翁)이 조각했다고 전한다.

계빈은 굴 이름인데 불지암 서편에 있다.

窟名 在佛地庵西.

수풀에 에워싸인 금전이란 곳

이름도 드높아라 마하연이네

불지암 서편에 있는데 이 암자가 산의 한 중앙에 위치하고 있고 그 주봉이

바로 비로봉이다.

在佛地西 此庵 據山正中 其主峯 乃毗盧峯.

웅장한 봉우리는 뒤에 솟았고

우뚝한 준령은 앞에 버텄네

서리고 둘러찬 천연의 산세

앞에서 본 것보다 더욱 뛰어나

아름다운 기운이 가득 퍼져서

마음도 놀라고 안색도 변했다.

사방으로 둘러찬 산세가 천연으로 이뤄진 것 같다.

山勢環回 有若天成.

禪庵妙吉祥	面戶清無塵
其旁有文殊	地秘人難臻
登登到佛地	幾經山嶙峋
小庵在巖下	厥號爲罽賓

1920년대 마하연 전경
마하연은 율곡 선생이 한 때 수양하던 곳이다.

萬樹衛金殿　　是名摩訶衍

雄峯峙其後　　峻嶺當其面

環回天所成　　絶勝前所見

佳氣鬱葱葱　　心驚顏爲變.

　13단락은 금강산 사대명찰 중 규모가 가장 큰 사찰인 마하연에 대한 기술이다. 마하연은 신라 문무왕 원년 의상조사(義湘祖師)가 창건한 사찰이다. 중향성과 백운대 산줄기가 백옥으로 쌓은 성과 같이 뻗어 내렸고, 앞에는 법기봉·관음봉이 나란히 있다. 또한 우측으로는 법륜봉·사자암·촉대봉을 바라볼 수 있고 왼쪽으로는 칠성봉·석가봉이 우뚝 솟아 그 승

경이 마치 정토의 감이 돌 정도이다. 고려말 익재 이제현은 마하연에는
스님이 살지 않는다고 읊었다.

> 햇발은 정낮인데 산중이라서
> 이슬에 미투리가 흠뻑 젖었네
> 옛절이나 스님네 살지를 않고
> 흰 구름만 뜨락에 가득하구나.

> 山中日亭午　　草露渥芒屨
> 古寺無居僧　　白雲滿庭戶.

　산중이라 대낮인데도 이슬이 마르지 않아 짚신이 흥건하게 젖었다. 스
님은 살지 않고 다만 흰 구름만 뜰에 가득하다니, 고요도 이지경에 이르
면 신선의 경지가 분명하다. '사람들로 하여금 티끌 세상을 뛰쳐나오게끔
하는 마하연'이라 율곡 선생도 진작 이곳에서 수양하였다.
　수려한 산세를 배경으로 이웃한 절 또한 풍년을 이뤄 오십 보에 암자가
하나요, 백 보에 대찰이 있다는 금강산이다. 다음은 제 각기 자태를 뽐내
며 자리한 암자들의 기이하고 절묘한 모습을 읊은 부분이다.

> 이토록 신령스런 천하명산을
> 천년이나 헛되이 버려두었네
> 용렬한 중들이 더럽힌 산을
> 이제야 한탄한들 무엇하리오
> 지나온 산중의 수많은 암자
> 품평은 이루 다 헤일 수 없고

자세히 적기란 더욱 어려워

대략만 시험삼아 말해 보련다.

산중의 암자가 백이 넘을 정도로 많아 다 들 수 없기에 우선 그 대략만을 기
록할 뿐이다.

山中諸庵 多至百餘 不可畢擧 姑記大槪耳.

묘봉암과 사자암은

마하연 가까이 있고

두 암자는 마하연 서편에 있다.

二庵 在摩訶衍之西.

만회암과 백운암

선암과 가섭암

묘덕암과 능인암

원통암과 진불암

수선암과 기기암

개심암과 천덕암

천진암과 안심암

돈도암과 신림암

이엄암과 오현암

안양암과 청련암

운점암과 송라암

차례로 별처럼 널려져 있네.

이상은 다 암자 이름인데 만회암은 마하연 북쪽, 백운암은 만회암 북쪽, 선암은 백운암 서북쪽, 묘덕암은 능인암 서쪽, 능인암은 원통암 북쪽, 원 통암은 진불암 남쪽, 진불암은 선암 서남쪽, 수선암과 기기암은 선암 동남쪽, 개심암과 천덕암은 원통암 서쪽, 천진암과 안심안은 개심암 북쪽, 돈도암은 표훈암 동남쪽, 신림암은 표훈암 서쪽, 이엄암과 오현암은 돈엄암 동북쪽, 안양암과 청련암은 장안 동쪽에 있다. 모두 그 운을 맞춰 취하였기 때문에 순서가 없이 적었다.

以上 皆庵名 萬回在摩訶衍北 白雲在萬回北 船庵在白雲西北 妙德在能仁西 能仁在圓通北 圓通在眞佛南 眞佛在船庵西南 修善 奇奇 在船庵東南 開心 天德在圓通西 天津安心在開心北 頓道 在表訓東南 神林在表訓西 利嚴 五賢 在頓道東北 安養 靑蓮等在長安東 皆取其協韻 故無次序 而擧之.

혹 높은 봉우리에 의지해있어
손으로 은하수를 만질 것 같고
혹은 폭포를 등지고 있어
고요한 속에서도 과감스럽고
혹 바위 밑에 자리를 잡아
머리를 숙여야 나들 수 있고
혹 검푸른 봉우리 마주 대하고
석양 빛이 문에 비춰 아롱거리네
커다란 바위 위에 자리를 잡아
좁은 길로 부대끼며 겨우 지나가
혹 깊숙하고 그윽한 데 숨어 있어서
영원히 속세와 격리되었네

외부에서 나그네가 오질 않아도

속삭일 땐 산울림이 메아리지고

어떤 것은 나무 숲에 숨어 있어서

우거진 녹음이 햇빛 가리고

혹은 벼랑가에 자리 잡았네

뜰에는 모두가 괴이한 바위 뿐

기이한 형상과 특이한 모습

모두를 기술하긴 정말 어렵네

눈으로 보았지 말론 되잖아

모두 다 빠뜨리고 만에 하나 건진 셈.

吁嗟最靈地	千載空虛棄
庸僧汚雲露	感歎知奈何
山中所歷庵	多少難爲料
欲詳不可得	我試言其略
妙峯與獅子	近在摩訶側
萬回與白雲	船庵與迦葉
妙德與能仁	圓通與眞佛
修善與奇奇	開心與天德
天津與安心	頓道與神林
利嚴與五賢	安養與靑蓮
雲岾與松蘿	次第如星羅
或倚最高峯	手可捫銀河
或枕急流瀑	靜中喧聒聒
或在巖石下	低頭僅出入

삼선암
옛날 네 신선이 이곳에 내려와 장기를 두었는데 한 신선이 훈수를 많이 하였다 하여 쫓겨나고 세 신선은
바위가 되었다고 한다.

或對紫翠峯　　暮色來排闥
或占大巖上　　線路繞容迹
或隱幽邃處　　永與塵勞隔
雖無外客來　　小語山已答
或秘樹木中　　濃陰遮日色
或據斷崖頭　　滿庭皆怪石
奇形與異狀　　記之終難悉
眼看口難言　　漏萬纔掛一.

'금강산을 보지 않은 자는 보지 않아서 말할 수 없고 금강산을 본 자는 보아서 말할 수 없다'고 한 말은 여기에서 비롯된 듯 싶다. 율곡 선생의 제자 최립(崔岦)도 금강산을 돌아보고 '아버지는 아들에게 깨우쳐 줄 수 없고, 아들은 아버지에게 그것을 알릴 수 없다'고 감탄하였다. 이는 아무리 친한 관계라도, 금강산의 승경을 본 사람 이 외에는 보고 느낀 감정을 전달하기가 불가능하다는 얘기다. 이렇듯 금강산 대자연의 장엄은 율곡 선생으로 하여금 '안간구난언(眼看口難言)' 다섯 마디로밖에 표현할 수 없게 만들었다. 결국 천하명승 금강산은 문력이 뛰어난 율곡 선생의 글 솜씨마저 멈추게 하고 말았으니 도리가 없는 '흉중구학(胸中丘壑)'이다. 바로 '가슴 속에 산수가 들어 있을 뿐'이라는 말밖에 할 수가 없었던 것이다. 천하절경에는 율곡 선생도 별 수가 없어 '겨우 만분의 일만 건졌을 뿐'이라고 했다.

이곡(1298~1351)도 1349년 금강산을 유람하고 '비록 뛰어난 화공이나 시인이라 할지라도 그 형상은 표현하기 어려울 것'이라 했으며, '굳이 기이하고 괴이하게 생긴 형상을 표현하고자 한다면 붓으로는 안되고 말로는 비슷하게 그려낼 수 있을 것'이라 했다. 이렇듯 율곡 선생과 같은 시걸

(詩傑)의 시 주머니마저 움츠러들게 한 우리의 금강산이었으니 '시를 지으려 금강산에 오르면 시를 지을 수가 없다.'는 실토가 거기에 맞다. 심지어 중국인까지도 '원컨대 고려국에 태어 나 금강산을 한 번 보았으면'이란 소원을 남겼을 정도이며, 율곡도 '아름다운 이름이 천하에 퍼져 모두가 이 나라에 태어나길 원했네.'라 찬탄했다. 한 때 우리도 금강산을 가보지 못한 한탄의 응어리를 풀 길이 없어 겸재 정선(1676~1759)의 〈금강전도〉를 벽에 걸고 우러러 바라보며 절까지 했다고 하니 내외가 다투어 보고 싶어한 천하절경임에 틀림이 없다. 권근(1359~1409)도 '금강산은 본국 동해상에 있으며, 경치가 천하에 으뜸인지라, 그 명성이 퍼지자 온 세상 사람들이 한 번 보기를 원하지 않은 사람이 없을 정도여서 보지 못함을 한 탄한 나머지 금강산 그림을 걸고 예배까지 드렸다.'고 했다. 여기에서 송강의 〈관동별곡〉이 나왔고, 당시 이 노래는 강원도는 물론 함경도의 영기(伶妓)들까지 두루 즐겨 불렀다. 만주 동삼성(東三省) 대륙에서 남하해서 주로 농경(農耕) 생활을 했던 우리나라 사람들에게 있어 산수는 신앙이나 다름이 없었기 때문에 어느 민족보다도 자연으로 돌아가고픈 귀소본능이 강했다.

다음은 내금강 만천 구역의 표훈동 계곡의 경치를 읊었다. 위치상으로 보아 이곳은 내금강의 중심부로, 전망이 뛰어나 비로봉을 비롯하여 혈망봉 · 석가봉 · 향로봉 · 일출봉 등 무려 40여 봉우리들을 한눈에 바라볼 수 있어 금강산 전망의 대명사로 불리는 곳이다.

> 나는 표훈사 경치를 너무 좋아해
> 울창한 숲들이 기슭에 의지했네

> 표훈사는 개심암 남쪽에 있다.

1920년대 표훈사(表訓寺) 전경
표훈사는 만폭동에 있으며, 유점사의 말사로 670년 표훈대사가 창건하였다.

表訓寺 在開心南.

스님은 한가한데 법당은 비고

한낮인데 다락에는 그늘이 졌네

정양사 경치도 사랑스러워

굽어보니 아래는 천길이나 돼

정양사는 표훈사 위에 있다.

正陽 在表訓上

1920년대 정양사 전경
정양사는 표훈사 북쪽에 있으며 유점사의 말사로 600년 진평왕 때 창건하였다.

옷자락 걷고서 뜨락 걷다가

둘러보니 사방은 겹겹이 산중

수미대 절경도 이에 못잖아

겹겹이 쌓인 바위 삐죽 솟았네

수미대는 진불암 서북쪽에 있다.

須彌臺 在眞佛庵西北.

맑기가 그지없이 선경 같은데

신선 사는 봉래산을 뭣하러 찾나

수미탑(須彌塔)은 자연석탑이다. 불교의 우주관에서 볼때 세계의 중심에 있다고 하는 수미산을 상징하는 것으로, 공교롭게 이 수미탑도 불국정토의 요람인 금강산 중심에 있다.

망고대 경치도 이에 질세라

먼지도 한 점 없이 깨끗하구나

망고대는 장안사 북쪽 표훈사 남쪽에 있다.

望高臺 在長安寺北 表訓寺南.

저기 저 높이는 얼마나 될까

하늘에서 생황 소리 들려오는 듯
구름을 능지르고 오르긴 해도
쇠사슬 더위잡아 위태로웠다

망고대를 올라갈 때 길이 끊어진 곳에는 드리워져 있는 쇠사슬을 더위 잡아
야 올라갈 수 있었다.
上望高臺 時路窮處則 垂鐵鎖 攀之以上焉.

시왕동 경치도 나는 좋아해
에돌고 감돌아 산세가 좋아

장안사 동북편에 있어 가장 깊은 곳이고 사람들이 이르지 못하는 곳에 옛탑
이 있다.
在長安東北 最深邃 所不到處 有古塔.

연대를 알 수 없는 옛 탑 하나가
벼랑에 오롯하게 매달려 있네.

我愛表訓寺	鬱鬱依林麓
僧閒畵殿空	日午樓陰直
我愛正陽寺	俯臨千丈墅
褰衣步庭除	四顧山如積
我愛須彌臺	疊石成崔嵬
淸絶似仙區	不必求蓬萊
我愛望高臺	四面收黃埃

1920년대 만폭동 전경 만폭동은 내금강 계곡미를 대표하는 곳으로, 표훈사에서 동쪽으로 금강문을 빠져 나가면 전개되는 곳이다. 봉래 양사언이 쓴 '봉래풍악원화동천(蓬萊楓嶽元化洞天)'이란 유명한 글씨도 만폭동에 있다.

欲知高幾何　　笙簫天上來
凌雲縱快活　　執鎭誠危哉
我愛十王洞　　山勢皆盤回
古塔不記年　　兀立懸崖邊.

　15단락에서는 내금강의 모든 산봉우리가 아스라이 먼 산은 담묵(淡墨)
으로 처리한 듯 보이고 가까이에 있는 산은 농묵(濃墨)으로 처리한 듯 보
여 생동하는 한 폭의 진경산수(眞景山水)를 읽는 듯해서 하늘이 베풀어
놓은 오묘한 조화에 새삼 경탄을 아끼지 않았다. 이곡(李穀)도 정양사에
올라 '이 산은 괴이하고 기이하게 생겼기 때문에 시인과 화공들을 근심스
럽게 한다.'고 했으며, 율곡도 굳이 신선을 찾으러 봉래산으로 갈 필요가
없다고 극찬한 표훈동 계곡의 절경이다. 고려 태조 왕건(王建)도 이곳에
올라 담무갈(曇無竭)의 현신이라 극찬하였다. 그리고 세조(世祖)는 ≪고
려대장경≫을 인출해서 정양사에 봉안했다고 한다.
　다음은 금강산의 백탑, 구룡, 만물동과 더불어 108동에서 최고로 꼽히
는 만폭동을 읊은 대목이다.

　　　만폭동 경치도 좋기도 하다
　　　푸르른 수은이 쏟아지는 듯

　　만폭동은 표훈암 동편이자 사자암 서편에 있는데 순전히 암석으로 이뤄진
　　곳이다.
　　萬瀑洞 在表訓東 獅子庵之西 純是巖石所成.

　　　하나의 바위가 몇 리를 이어

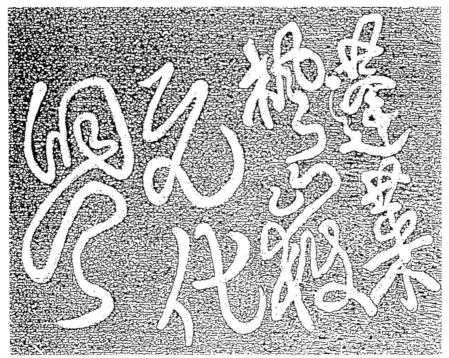

만폭동 금강대 아래 너럭바위에 새겨놓은 봉래 양사언의 친필로 글자의 획이 살아 움직이는 듯 하다

미끄럽고 고와서 발도 못 붙여

감돌아서 동구 밖에 이르자니까

온 골짜기 모두가 물살로 가득

움푹 패인 구렁은 못이 되었고

밑에는 화룡이 잠을 잔다네

경사진 곳마다 거센 여울이

천둥을 치는 듯 산을 울리네

평편한 곳에는 물이 잔잔해

거울처럼 내 낯을 꿰뚫고 있네

좌우에서 불어오는 맑은 바람은

화룡연(火龍淵)은 만폭동 깊숙한 곳에 있으며, 화룡이 바람과 구름을 타고 다니며 천지조화를 부렸다고
하여 붙여진 이름이다.

분설(噴雪)폭포는 만폭동 벽파담 위에 있으며 보덕굴 아래 계곡으로 쏟아저 흐른다. 마치 눈보라를 뿜어
내는 것 같다고 하여 붙여진 이름이다.

염량에 다시 마른 몸을 식히네
옷고름 풀고 나무 아래 앉으니
이 몸이 한가함을 이제 알겠네.

我愛萬瀑洞　　飛流瀉靑汞
一巖連數里　　滑淨難所倚
逶迤至洞口　　滿洞皆流水
坎處陷爲淵　　下有火龍眠
傾處激爲湍　　鳴雷振空山
平處湛不流　　如鏡鑑吾顔
淸風左右至　　炎熱變爲寒
披襟坐樹下　　始知身世閒.

　온골짝이 폭포를 이루었으니 이름 그대로 만폭동이다. 그래서 율곡선생
은 〈만폭동〉 7언 율시에서

높낮은 돌길로 만폭동 드니
흩지는 물살일란 우레와 같아
만고의 바위라서 눈 녹지 않고
천추의 솟은 산엔 구름 감도네
사자봉 푸른 안개 헤쳐오르니
화룡연 위에는 어둠이 지네
보덕굴 선방에서 잠을 자는데
학과 납이 울어싸서 꿈을 깨었네.

보덕굴은 만폭동에 있다. 627년 보덕이 자연굴을 이용하여 만들었다고 하며, 절벽에 구리기둥 하나를 받쳐 놓고 쇠사슬로 매어놓았다.
자연미와 인공미가 절묘하게 조화를 이룬 걸작이다.

石逕高低入洞門
洞中飛瀑怒雷奔
巖橫萬古難消雪
山聳千秋不散雲
獅子峰前披翠霧
火龍淵上坐黃昏
夜投普德禪庵宿
鶴唳猿啼攪夢魂.

　　라고 했고, 송강도 〈관동별곡〉에서 '들을 제는 우레러니 보니까 눈이로
다.' 라고 감탄했다. 푸른 수은을 내리붓는 듯한 헤아릴 수 없는 물줄기가
저마다 위용을 뽐내며 골짝을 뒤흔드니 마치 폭포의 박람회를 보는 듯한
느낌이다. 속초 내설악의 대승폭포와 개성의 박연폭포, 그리고 금강산의
구룡폭포를 우리나라 3대 폭포로 일컫는다. 외금강 만물상의 기묘한 봉우
리를 산악미의 대표라 한다면 내금강 만폭동의 그윽하고 오묘한 변화는
계곡미의 극치라 할 것이다 '격(激), 단(湍), 뢰(雷), 진(振)'은 소쿠라지
는 폭포의 우렁참이요, '담(潭), 경(鏡)'은 소용돌이치며 흐르다 변화를
다한 뒤에 가라앉은 담심(湛心)이다. 동중정(動中靜)에로의 물상의 변화
가 서로 짝맞춤의 조화를 이루고 있으며, '담(湛), 감(鑑)'의 맑고 고요한
이미지들은 자연과 나 자신이 하나가 되는 묘경을 표현했으니, 율곡 선생
자신이 마음을 드러낸 대목이라 할 수 있다. 이 단락은 16단락으로 시각
적 영상과 청각적 효과를 접합시킨 공감각적 묘사의 절창이라 할 수 있는
부분이다. 천연스런 광경으로 차곡차곡 개켜놓은 슬거운 붓방아는 계곡
의 영롱한 실체를 또렷이 떠올리게 해준다.
　　다음은 정양사, 장안사, 유점사, 마하연과 더불어 금강산에서 최고로 꼽

는 대표적인 절 보덕굴이다.

> 나는 보덕굴 경치가 너무도 좋아
> 구리의 기둥은 천 척이 넘어

만폭동 중간에 있는 절집으로 날 듯한 누각이 허공에 걸려 있는데, 3면은
바위에 의지하게 하고 1면은 구리 기둥으로 떠받친 것이 백 척에 가까워 그
지없이 기이하다.
在洞中 飛閣跨空 三面依巖 一面以銅柱撑之 近百尺 最爲奇絶.

> 날렵히 허공에 솟은 전각은
> 하늘의 조화지 인력 아닐세
> 밑에서 바라보니 그림과 같아
> 올라오니 온 몸에 땀이 주르륵
> 선승은 속세와 인연 끊어서
> 가진 것은 봉지에 솔잎 뿐이네
> 이곳에 살려는 마음 가지면
> 곡기 끊는 법부터 배워야겠네
> 가야 하니 머무를 수 어디 있겠나
> 앞으로 두루 돌며 살펴보리라
> 사자를 꼭 닮은 바위 하나가
> 봉우리 꼭대기에 우뚝 서 있네

바위는 사자암 앞에 있다.
巖在獅子庵前.

성처럼 쌓아 놓은 암자 있으나
그 누가 지었는지 알 수가 없네

바위는 사자암 곁에 있다.
巖在獅子庵側.

세상에 동방삭과 짝할 이 없어
괴이한 일 물어볼 길 막연하구나
안산에서 열흘 동안 머무는 사이
두루 돌며 볼 것은 거의 보았다
동쪽으로 걸어서 상원 이르니
길가에 층층인 봉우리만 보이네.

我愛普德窟	銅柱盈千尺
飛閣在虛空	天造非人力
未至望如畵	旣登汗如沐
禪僧萬緣虛	紙袋儲松葉
若欲捿此地	應須學絶粒
去矣不可留	我將巡山遊
有石類獅子	屹立乎峯頭
有菴似築城	不知誰所營
世無方朔儔	怪事問無由
內山留十日	尋遊略已周
東行到上院	路旁層巒遠.

무지개 다리는 발연사로 들어가기 위한 다리로, 집선봉 동남쪽 발연동 계곡에 있다.

보덕굴은 구리 기둥에 떠받쳐 까마득한 절벽에 붙어 있는 고려 때의 절집이다. 허공에 걸린 듯한 형상이 신비스러워 조물주의 솜씨지 사람이 지은 것이 아니라고 극찬했다. 이제현도 보덕굴을 읊은 시에서 '날씬한 추녀 끝 구름을 탔네.'라고 감탄했으며, 남효온(1454~1492)도 '향로봉 해 비치니 비췻빛 감돌고 보덕암 쇠줄소리 높은 봉에 울리네.'라 했다. 율곡선생도 신기한 조화에 넋을 잃다가 자신도 모르게 '하늘의 조화지 사람의 힘이 아니다.'란 탄성이 절로 터져나온 것이다. 보덕굴의 신비를 묘파해 관조의 지경에서 다잡은 실물은 사뭇 그림을 읽듯 생생해 마치 화폭 속을 거니는 느낌마저 든다.

다음은 18단락으로 발연소 구역의 발연동 계곡의 승경을 읊었다.

발연소 구역은 집선봉 동쪽 편에 이루어진 이름난 곳들을 포괄하는 외금강 명승 구역의 하나다.

예로부터 이름난 바리소, 무지개 다리, 영신폭포를 비롯해서 특색있는 명승들이 집중되어 있어 사뭇 이채를 띠는 곳이기도 하다.

적멸암 위에 있는 개심암에는
구름이 아직도 걷히지 않아

두 암자가 가장 높은 곳에 있고, 적멸암에서는 동해를 볼 수 있다.
二庵最高 在寂滅庵則可見東海.

창문을 열고서 내려다 보니
바다는 비단을 펼친 듯 하네
승려가 허여센 마루턱 가리키며
속세에 도솔천이 저기라 하네

백전을 도솔이라 하는 것은 대개 깨끗한 명승이기 때문이다.
以白巓爲兜率 蓋淸勝故.

암자는 푸른 산에 늘어서 있고
종소리 풍경 소리 잇따라 나네
성문이라 부르는 골짜기에는
수석이 어찌 그리 어지러운지
바라볼 순 있으나 찾긴 어려워
청학동 형체와 비슷하다네

적멸암 밑에 성문동이 있는데 내려다 보면 바위가 기이하고 물이 맑기는 하나 들어갈 길이 없어 지리산의 청학동과 같다고 한다.

寂滅庵下 有洞名聲聞 俯見巖奇水淸 而無路可入 如智異山靑鶴洞焉.

발연사와 마주한 미끈한 벼랑
하늘의 성령으로 갈고 깎았나
한줄기로 내뿜는 무지개 폭포
떨어진 구렁에는 못이 되었네
산승은 그다지도 할 일 없는지
굴러서 떨어짐을 낙으로 삼아
베틀의 북처럼 몸을 던지면
엎치락 뒤치락 아찔하다네

발연사는 적멸암 동쪽에 있으며 폭포가 아주 높고 암석이 극히 미끄러워 산승이나 속인들이 와서 구경하는 자는 다 옷을 벗고 바위에 올라가 폭포를 따라 굴러 내리면서 장난하기 일쑤다. 엎치락뒤치락 굴러 내려도 끝내 다치지 않는다.

鉢淵寺 在寂滅之東 有瀑甚高 巖石極滑 僧俗來玩者 皆解衣上巖 隨瀑轉下 以爲戱 雖轉倒而下 終無所傷.

寂滅上開心	橫雲時未捲
開窓何所見	赤海平如練
山人指白巓	人間兜率天
諸庵列翠微	鐘鼓聲相連

금강산 절경
오르지 못함을 한탄한 나머지 '꿈으로 상상하고 그리워하다 그만 머리만 백발이 되었다.'고 한숨만을 몰아 쉰 금강산 절경이다.

有洞名聲聞	水石何紛紜
可望不可尋	靑鶴爲弟昆
鉢淵對絶壁	天工所磨削
一條噴長虹	其底澄潭碧
山僧無一事	轉下聊爲樂
投身急如梭	顚倒眩莫測.

풍경소리가 그윽한 절집의 뜨락이다. 천공(天工)의 솜씨로 이룬 발연사 계곡의 절경을 신선이 사는 곳과 비슷하다고 극찬했다. 임춘(林椿)도 그의 〈동유기〉에서 '발연사 골짜기는 그윽하고 고요할 뿐만 아니라 구름과

물이 조화를 이루어 이는 인간 세상이 아니라 마치 신선이 사는 곳'이라 했다. 자연의 조화가 빚어놓은 금강산은 어느 곳 하나 우열을 매길 수 없다. 발길이 머무는 곳마다 선경이요, 눈이 멈추는 곳마다 천공의 조화다. 수많은 봉우리는 저마다 빼어남을 다투고 골짜기 물들도 다투어 흐른다니 더욱 그렇다. 모양도 특출하지만 그보다도 폭포를 타고 미끄러져 내리는 놀이터로 더욱 이름이 나서 그 광경을 들본 것까지 취재했다.

　다음은 금강산의 최고봉인 비로봉을 오르면서 발 아래 펼쳐지는 구정봉 계곡의 경개를 읊었다.

　　　구정봉을 구비 돌아 오르고 보니
　　　우거진 계수나무 꺾을 듯하다

　　　구정봉은 적멸암 북쪽에 있는 매우 높고 험준한 봉우리로 계수나무가
　　　있다.
　　　九井峯 在寂滅庵北 甚高峻 有桂樹.

　　　부상도 손으로 잡을 것 같고
　　　밤중에도 해돋이 보일 성 싶네
　　　구룡연 경치가 보고 싶으나
　　　그 길이 험하다고 중이 이르며
　　　만약에 소낙비를 만나게 되면
　　　목숨을 잃는 건 잠깐이라네

　　　구룡연은 비로봉 동쪽에 있는데 가장 기묘하고 화려한 곳이다. 다만 길이
　　　험하고 바위가 미끄러워 비를 만나면 정말 죽게 마련이다. 이 때문에 나는

은을 쏟아 부어 만든 은기둥인지, 백옥을 쪼아 만든 백옥기둥인지, 수정을 갈아 세워놓은 수정기둥인지
분간하기 어렵다는 금강산 암봉

두려워서 가지 않았다.

九龍淵 在毗盧峯之東 最爲奇麗 但路險石滑 遇雨則 定死無疑 故余懼不往.

높은 봉우리에 오르지 않으면

신선의 자취를 밟지 못한다기에

그 말을 그대로 믿기로 하고

비로봉에 올라갈 결심을 했네

솔뿌리와 돌뿌리가 얽히고 서려

손으로 잡아야 발 붙일 수 있어

비로봉은 이 산의 절정이다.

毗盧峯 此山之絶頂.

스님이 내 앞을 인도하면서

내려다 보지를 말라고 한다

만약에 높이 올라 굽어보다간

아찔해서 정신을 잃는다 하네

아름다운 산세를 보고 싶으면

가장 높은 산봉엔 오르지 마소

최고의 봉우리에 올랐다 하면

모두가 황홀하게 보일 뿐이죠

너무 높으면 보이는 바가 분명하지 않다

極高則 所見不明.

산승의 이 말을 교훈 삼아서

게으름 피지않고 꾸준히 걸어

하룻 밤 하루 낮을 지난 뒤에야

비로소 산 중턱에 오르게 됐다

노곤해서 반석 위에 누웠더니만

보이는 곳 모두가 아득만 해서

마음을 진정하고 고개를 드니

수많은 봉우리가 나를 향했네

높낮이와 멀고 가까운 봉우리들이

하나같이 모두 깎아 세운 듯하고
먼 곳도 이곳에선 한 자 넘지 않아
올망졸망 숨김없이 모두 보이네
느닷없이 흰 안개 몰려오니까
뭉게뭉게 휘덮어서 볼 수가 없네
처음엔 한 골짝서 피어오르고
점점 더 뭇산으로 퍼지더니만
못내는 창창하던 여러 산들이
뒤덮여 망망한 바다가 됐네
넓고 넓은 하나의 기운이건만
아득해서 헤아리기 정녕 어렵네.

回登九井峯	桂樹森可析
扶桑手可把	夜半看日出
欲見九龍淵	僧言路險惡
若遇驟雨來	死生在頃刻
不如上高峯	以躡飛仙蹤
斯言定信乎	決意登毗盧
松根絡石角	手攀足可踏
有僧導我前	戒我勿俯瞩
臨危若俯瞩	目眩神必惑
若欲見山形	莫上最高嶽
若登最高嶽	所見皆怳惚
此言爲我師	勉旃無怠忽
一經晝與宵	始及山之腰

困臥盤石上　　廓落迷俯仰
心定始擡首　　衆峯皆我向
高低與遠近　　一概皆削粉
百里不盈尺　　鉅細皆無隱
忽然蒸白霧　　湏洞失遠觀
初依一谷生　　漸蔽群山走
遂使山蒼蒼　　飜作海茫茫
浩浩同一氣　　漠漠難爲量.

불정대와 더불어 금강산 일출 조망의 승경으로 우열을 다투는 구정봉의 해돋이다.

율곡 선생은 또 구정봉에 올라 해뜨는 광경을 보고는 다음과 같이 읊었다 당시 현재와 같은 장비도 없이 미투리와 단장 하나만으로 정상에 올랐음은 생각사록 놀랍다.

이윽고 햇발이 온천지에 퍼지더니만
푸른 물결 새벽 이내 분별 어렵네
붉은 해가 두서너 길 높이 솟더니
한 떨기 채색 구름 일산 같구나
푸른 바다 붉은 하늘 분리가 되니
아득하다 동해 바다 큰 줄 알겠네
부상과 양곡이 아슬쿠나 어듸메이뇨
해 뜬 곳 보려해도 볼 수가 없네.

須臾火光漲天地

구름의 조화로 신비함이 더한 집선봉(集仙峰) 전경

不辨滄波與曉靄
朱輪轉上數竿高
一朵彩雲如傘蓋
青紅漸分水與天
極目始知東海大
扶桑暘谷渺何處
欲看出處知無奈.

구정봉에서 바라본 장엄한 해돋이의 장관을 그렸다. 비로봉 정상을 향해 오르는 힘겨운 행보에서는 산중턱에서 깊은 골짜기를 굽어 보면 머리

끝이 쭈뼛하고 가슴이 두근거려 여간한 담력으로는 바로 내려다 보기 어렵다고 했다. 그리고 그 뒷부분에서는 자연의 조화로 신비를 덧보탰다. 그림처럼 눈 앞에 떠오르는 현상의 배열이 있어 단조롭지 않은데, '창창(蒼蒼), 망망(茫茫), 호호(浩浩), 막막(漠漠)' 등 의 첩어를 사용해서 드넓고 가이없는 시각(視覺) 인상을 한결 짙게 했다. '구름은 옥으로 만든 자가 되어 청산을 재는 것'이 금강산 운무의 조화라 할까, 시에서 그림으로 들고 그림에서 시로 든 '시중유화(詩中有畵)' 그대로다. 산이야 구름에 가려도 그 솟은 모습은 변하지 않는다. 송시열(1607~1689)도 〈금강산〉에서 '구름이 산을 덮어 온통 희게만 보일 뿐이지, 그 의연한 자태는 변하지 않는다.'라고 했다. 이것이 바로 고요속의 의연함이다. 율곡 선생의 경우도 우뚝 솟은 장엄한 모습에서 장부의 기상이 싹텄음을 볼 수 있는데 후일 당파 싸움의 와중에서도 산처럼 꼿꼿하고 물처럼 도도했으니 이것이 곧 요산요수의 정도를 몸소 실천한 결과였다.

금강산은 일만 이천을 헤아린다는 수많은 봉우리들이 천태만상의 기암괴석으로 이루어져, 저마다의 특유한 자태를 지니고 있을 뿐만 아니라 하나같이 거기에 걸맞는 전설과 독특한 별명이 붙어 있는 것이 특징이다. 절기에 따라 변화무쌍한 자태는 보는 이의 시각에 따라 그 모습도 사뭇 달라서 율곡 선생은 다음의 간고름을 펼쳤던 것이다.

> 듣건대 우주가 열리기 전엔
> 조화를 드러내지 않고 있다가
> 다사한 산신령이 무슨 심사로
> 만물의 시초를 보여주는고
> 바람은 없는데 점차 흩어지고
> 반쯤은 걷히고 반쯤은 펴네

비로소 두어 곳 모습 드러내
하늘 위에 뫼로 홀로 드러내
짙푸른 긴 눈썹 그림 그린 듯
목욕 뒤 붕새의 부리이란다
느닷없이 모진 바람 일어나는데
빠르기가 달리는 총마와 같네
이윽고 안개가 걷히더니만
시야가 시원스레 활짝 트이네
어떤 것은 뾰족해서 칼끝과 같고
어떤 것은 둥글어서 제기와 같네
어떤 것은 달리는 뱀처럼 길고
어떤 것은 짐승이 누워 있는 듯
어떤 것은 만승의 천자와 같아
대궐문 열어놓고 조회하는 듯
의관을 정제하고 시립을 한 듯
거마가 구름처럼 모여서 있네
어떤 것은 석가여래 모습을 닮아
중생을 거느리고 영취산 기댄 듯
오랑캐 추장이나 귀신 두목이
다투어 나오면서 머리 숙인 듯
어떤 것은 오기나 손빈 같아서
북을 치며 삼군을 지휘를 하듯
철마로 칼과 창을 휘둘러대니
장사들은 앞을 다퉈 추격하는 듯
어떤 봉은 그 모양이 사자와 같아

외금강 비사문(毘沙門)문 정상에서 바라본 옥녀봉(玉女峰)

짐승의 온갖 무리 위압하는 듯

어떤 것은 비를 탄 용과 같아서

사나운 모습으로 구름을 뿜네

어떤 것은 호랑이가 바위에 기대

한길에 웅크리고 두리번거려

어떤 것은 서적을 높이 쌓은 듯

한나라 업후의 삼만 권 책과도 같네

어떤 것은 부도를 세운 듯해서

양나라 소연이 세운 구층탑 같다

어떤 것은 옹기종기 무덤 같아서

정령위가 고국을 찾은 듯하고

어떤 것은 읍을 하고 사양하는 듯

어떤 것은 등을 돌려 독기 품은 듯
어떤 것은 성그러서 서로 피하듯
어떤 것은 오손도손 서로 친한 듯
어떤 것은 아리따운 요조숙녀가
규방에서 정숙을 지키고 있듯
어떤 것은 선비가 독서를 하듯
고개 숙여 문적을 뒤적거리네
어떤 것은 맹분과 하육의 무리 같아서
용기를 뽐내며 호통치는 듯
어떤 것은 스님이 참선하듯이
명아주 평상에서 무릎 꿇은 듯
어떤 것은 새매가 토끼를 채듯
어떤 것은 사슴이 새끼 안은 듯
어떤 것은 놀란 오리 풀쩍 나는 듯
어떤 것은 우뚝 선 고니새 같고
어떤 것은 방자하게 번듯 누웠고
어떤 것은 스스로 굽힌 듯하네
어떤 것은 흩어져서 합치지 않고
어떤 것은 이어져 끊기지 않아
그 모든 형상이 제각기 달라
탐내어 구경하다 발걸음도 잊어
중도에서 그만 둘 생각은 없고
정상에 기어코 올라야겠네
무엇이 내 몸을 둘렀나 하면
이따금 지나가는 구름이었네

구름이 다다르지 못하는 곳엔
바람이 세차게 불어닥치네
나는 솔개미와 깃든 새매도
내 걸음 따라오지 못하겠지.

吾聞太極前　　萬化不開張
山靈意何如　　示我物之初
無風漸飄散　　牛卷還牛舒
始露數點秀　　孤如天上岫
濃靑畫脩眉　　浴海褰鵬囑
俄驚疾風起　　馳若驊騮驟
須臾無點滓　　眼力皆通透
或尖若劍鋒　　或圓若籩豆
或長若走蛇　　或短若臥獸
或如萬乘尊　　朝會開天門
衣冠儼侍立　　車馬如雲屯
或如釋迦佛　　領衆依靈鷲
蠻君與鬼伯　　競進頭戢戢
或如吳與孫　　擊鼓陳三軍
鐵馬振刀鎗　　壯士爭追奔
或如獅子王　　威壓百獸群
或如行雨龍　　奮鬣噴陰雲
或如靠巖虎　　顧眄當路蹲
或若文書積　　鄴侯三萬軸
或若建浮圖　　蕭梁九層塔

或若纍纍塚
令威尋故國
或向如戢讓
或背如抱毒
或疎若相避
或密若相狎
或如窈窕女
深閨守貞淑
或如讀書儒
低頭披簡牘
或如賁育徒
賈勇氣咆勃
或如坐禪僧
藜牀穿兩膝
或若搏兎鷹
或若抱兒鹿
或翔若驚鳧
或峙若立鵠
或偃然肆志
或靡然自屈

1920년대 무룡교(舞龍橋) 전경
무룡교는 계곡과 계곡사이를 쇠사슬로 건너지르고 여기에 매달
려 있게 놓은 다리이다.

或散而不合　　或連而不絶

萬象各異態　　貪翫忘移足

不可廢半道　　我欲窮其高

繞身是何物　　時有行雲孤

行雲不及處　　蕭蕭剛風號

飛鳶與捷鶻　　莫能追我翶.

　금강산이 세계적인 명산인 까닭은 절대적인 자연의 미에 있으니, 암석의 미·계곡의 미·봉우리의 미에 사계절에 따라 변화하는 계절의미까지 어우러져 그야말로 대자연의 위력이 낳은 놀라운 조화의 묘에 있다 하겠다. 그러니 흐르는 물소리에 귀는 즐겁고, 눈은 계곡과 산봉의 기이함에 흐뭇하고, 발은 오르기에 단련되고, 혀는 이를 평가하느라 부산했으며, 마음은 그 정체에 현혹되어 옮겨야 할 발걸음 조차 잊었던 것이다. 허정(虛靜) 스님은 금강산을 돌아보고 '천태만상의 기이한 형상은 눈으로 보고 마음으로 느낄 뿐, 입으로 말하기 어렵고 붓으로 표현하기 어렵다.'고 했다. 그러나 율곡 선생은 금강산 절경의 품평을 고사나 전설을 곁들여가면서 자연의 조화에서 동물의 형상으로, 다시 항간 생활을 소재로 의인화했다. 또한 정적인 비유에서 동적인 비유로 거듭 나들며, 눈에 보이지 않는 상황을 눈에 보이듯이 생동감 있게 묘사하였다. 그래서 금강산에 관한 어느 기행시 문집에서도 찾아 볼 수 없을 정도로 산봉에 대한 묘사와 명산에 대한 명칭을 비유함에 있어 조화롭다.

　20단락의 묘미는 실제 존재하는 사물과 감각으로 느낄 수 있는 상황의 적절한 배열에 있다 하겠다. 또한 자연의 장관을 제재로 자신의 상념과 이상을 헹궈낸 대목이라 한결 값지다. 우리의 금수강산은 백두산 영봉에서 줄기가 뻗어내려 한반도의 척추 백두대간으로 이어졌다. 이 산하를 배경으로 우리민족의 역사가 펼쳐졌던 것이다.

해발 1638m의 금강산 비로봉과 1293m의 향로봉, 1708m의 설악산 대청봉 등은 내륙의 최고봉이다. 비록 말을 타고 백 리를 달릴만한 들판은 없다하나 세계에 자랑할만한 천하의 절경 금강산을 가졌다.

다음은 높고 험준한 일만 이천 봉의 정상인 비로봉에 올라서의 감격이다.

곧 정상이라 더 오를 곳 없어
낭랑하게 읊고서 유람을 했네
아침 해는 숲 끝에 닿을 듯하고
저녁 달은 바위맡에 걸릴 듯하네
어수선한 소리에 귀 기울여 보니
산자락에 벽력이 친 소리였네
사면이 산천으로 둘러싸여서
모호해서 선명히 구별이 안돼
큰 봉우린 개미집처럼 보이지마는
작은 것은 볼래야 보이지 않고
이루와 같은 눈을 가졌다 해도
성곽을 어떻게 분별하리오
호연히 휘파람 길게 부니까
삼천궁 대궐까지 들리었는지
신선들이 그 소리에 깜짝 놀랜 듯
옥황상제 놀래서 꾸짖는구나
하늘나라 대궐이 멀지 않건만
도의 근원 얕아서 어쩔 수 없네

내 듣건대 하늘의 신신님들도
관부가 한가롭지 못하다 하네
하여튼 세속을 떠났다 해도
신선과 범부 사이 있지 않겠나
마음을 텅 비우면 만사도 하나
기운이 어귀차면 우주도 좁네
곤륜산은 손에서 벗어난 공 같고
바다는 발에 바르는 기름과 같네
가슴 속에 산수가 들어 있으니
이곳에서 머무를 필요 있겠나
한 번 보고 금강산을 아는 척 한다고
조물주가 나에게 꾸짖지 않겠지.

直到無上頂　　朗詠聊遊遨
林端拂朝日　　石頭礙夜月
俯聽蟻動聲　　山腰起霹靂
山川圍四面　　模糊不可辨
大者類丘垤　　小者視不見
縱有離婁目　　安能辨城郭
浩然發長嘯　　聲入淸都闕
仙侶定駭愕　　玉皇應驚詰
天宮縱不遠　　其奈道根淺
吾聞上界仙　　官府未得閒
何如方外人　　不在仙凡間
心虛萬事一　　氣大六合窄

崑崙脫手毬　　大海塗足油
胸中有山水　　不必於此留
一覽便知足　　造物不我尤.

　진작 김부식의 '흔한 사람 드나지 않는 곳이라 올라하니 정신이 개운하
구나.'의 청정한 도량 그대로다. 흔히 산이 거기에 있기 때문에 산에 오른
다고들 말한다. 산의 유혹을 한 두 마디로 설명할 수 없다는 사연이기도
하다. 그러나 산은 정상을 오르는 맛에 있었음은 고금의 통례다. 중국 당
나라 때의 문장가 한유도 '뭇산의 작음을 바라 보자면 으레껏 태산에 올
라야 한다.'고 외쳤으니 율곡 선생도 '최고봉에 기어코 올라야겠다.'는
다짐은 물론 '사뿐한 걸음으로 정상에 올라 확트인 세상을 굽어봐야 한
다.'고 꿈에서도 그렸다. 결국 부낳게 놀린 단장은 '이제는 정상이라 더
이상 오를 곳이 없다.'고 웅걸찬 호기(浩氣)를 낳았다. 기세 당당히 최정
상을 정복(征服)했다 하지 않고 더 오를 곳이 없다고 했다. 자연을 숭상한
나머지 경외의 대상으로 우러렀으니 율곡 선생의 인간다운 면모와 장부
다운 기개를 함께 볼 수 있는 대목이다. '아침해는 숲 끝에 닿을 듯, 저녁
달은 바위 머리맡에 걸린 듯'과 같은 표현은 정상이 아니면 포착하기 어
려울 뿐만 아니라 율곡 선생과 같은 문력을 지니지 않고는 어림도 없다.
구태여 아로새김이 오간 흔적이 없어 단박하며, 보통의 말로 예사롭게 꾸
며져 감칠맛이 더하다. 실로 호방함과 드높은 기상이 도사린 21단락이다.
　다음은 정상에서의 장엄한 감회를 따로 토로한 〈비로봉에 올라서〉의
오언절구를 보태서 읽는다.

　　지팡이를 끌면서 정상 오르니
　　긴 바람 사방에서 불어닥치네

푸른 하늘 머리 위 모자와 같고
넓은 바다 손바닥의 술잔이어라.

曳杖陟崔嵬   長風四面來
青天頭上帽   碧海掌中杯.

　험난한 돌길을 넘고 넘어 오른 최정상 비로봉이다. 미투리와 적삼이 땀에 젖고 햇볕에 되말랐으니, 시원한 바람이 맛질 수밖에 없다. 가장 높은 봉우리에 올라 먼 곳을 굽어보며 자연의 장관에 눌려 절로 인 탄성이니 가뭇하고 탁트인 정경을 공굴린 '두상모(頭上帽)와 장중배(掌中杯)'로의 포착이 정말 시답다. 공자도 일찍 '동산에 오르고는 노나라가 작다고 했으며, 태산을 오르고는 천하가 작다.'고 했다. 이는 도(道)의 나톰이기는 해도 푸른 바다의 경치와 함께 우리에게 많은 영향을 끼친 대문이기도 하다. 저 두보의 '조물주가 신령스러운 조화를 모아놓았고, 응달과 양달로 어둠과 밝음을 갈라 놓았다.'를 앞세워 무릇 작은 산들을 바라보기를 바랐는데, 태산의 위용을 보고 후일을 다짐했으니 정상에서의 감회가 다락 같다. 그런데 송강은 금강산 비로봉을 오르지 못함을 탓 하면서 '동산 태산이 어느 것이 높단 말고, 노나라 좁은 줄도 우리는 모르거든, 넓고도 넓은 천하 어찌하여 작단 말고'라 읊었으니 우리의 산은 진작 마음을 추스리고 다스리는 도가니였다.
　다음은 22단락으로 수려하고 장엄한 광경에다 계절의 미까지 어우러진 이른바 철따라 고운 옷 갈아입는 금강산의 아름다운 사계절의 장관을 한눈에 우러를 수 있는 부분이다.

　스님이 말하기를 이 산 경치는

사철 내내 모두 맑아 좋다네
기온이 세간과는 사뭇 달라서
찬 기운 오히려 봄에 심하니
허황된 꽃들이 필 수 있겠소
오로지 매화만 필 뿐이지요
산중엔 사오월이 되어야지만
비로소 봄 흥취 맛을 보지요
천만 길 벼랑 끝 낭떠러지에
화사한 철쭉꽃이 어려 빛나오
대지가 화로불처럼 벌겋게 타도
스님은 추위에 시달린다오
속세의 지저분함 침범치 않아
쉬파리 그림자도 볼 수 없다오
가을바람 왜그리 일찍 오는지
낙엽이 돌가닥길 수북 메우고
봉우린 앙상하게 모가 나므로
새하얀 달이 뜨면 더욱 밝다오
소나무 사이로 단풍이 들라치면
가이없이 붉고 푸름 어지럽다오
물이 삐면 드러난 바위 사이로
거세차게 부딪치며 흘러가지요
겨울이면 수관이 교만 부리고
쌓인 눈은 천주보다 높다니까요
연기가 나는 곳엔 절이 있지만
문이 막혀 나들기 쉽지 않지요

여기를 별천지에 비기는 것은

모두가 은빛으로 되어서라오

푸르른 전나무 줄줄이 늘어서서

그 잎이 푸른 물결에 드리운다오

어째서 그대는 이를 보지 않고

고향으로 돌아갈 생각만 하오.

산승의 말을 듣고 기록한 것은 사철 경치로서 모두 산중의 실사이다.

세존봉(世尊峰) 천화대(天華臺)

所記四時景 皆山中實事.

僧言此山景　　四時皆淸勝
炎凉異世間　　陰氣春猶盛
浮花豈吐蘂　　只有寒梅瑩
山門四五月　　始有尋春興
層崖千萬丈　　蹢躅花相暎
大地入紅鑪　　衲僧猶苦冷

撲綠不侵入　　蒼蠅絶形影

秋風來苦早　　落葉塡石逕

峯巒瘦生稜　　素月增耿耿

松林間楓樹　　紅碧紛無數

水落露危巖　　激激波聲怒

冬寒水官驕　　積雪高天柱

煙生知有寺　　門礙難開戶

譬如別世界　　白銀爲國土

翠檜列幾行　　鬒髮垂滄浪

君胡不見此　　反思歸故鄉.

금강, 봉래, 풍악, 개골이란 사계절의 별칭에 걸맞게 계절미를 잘 부각시켰다. 층층인 봉우리가 천만길이나 돼 봄 역시 산에 오르기 힘들기 때문에 음력 4, 5월이라야 비로소 봄 흥취를 맛볼 수 있다고 했다. 봉우리가 높으면 골짜기 또한 깊게 마련이니 봄은 오되 속세에 비해 늦으며, 여름은 있으되 짧으니 가을은 일찍 찾아들게끔 되어 있다. 속기가 묻지 않은 봉우리 틈새로 빠끔히 내민 새하얀 달이야말로 청승(淸勝)의 극치다. 그리고 '송림 사이로 단풍이 들라치면 붉고 푸름이 뒤섞여 어지럽다.'고 했으니 영락없이 제주의 진달래밭이 무색한 풍악이다. 이황(李滉)도 〈금강산〉에서 '시냇가 들국화 향기로웁고, 바위 틈 단풍은 불타듯 붉어'라 하여 가을 금강을 읊었다.

발표에 의하면 금강산에는 68종에 달하는 짐승류, 200여종의 조류, 30여종의 어류가 서식하고 있으며 세계적 희귀식물인 금강국수나무, 금강초롱을 비롯해 식물도 70여종이나 분포되어 있다고 하였다.

앞으로 공동조사가 이루어진다면 더 많은 희귀 동식물들이 발견될 전망

금강산 단풍

이다. 두말할 나위없는 자연의 보고(寶庫)다. 제2단은 〈금강산 답사기〉의 본론으로서 내·외금강의 수려청아(秀麗淸雅)한 모습을 대손다운 문력으로 남김없이 사려놓았다.

신비의 넘남이 두루 풍겨야 명산

산이 뛰어나게 높거나 아름다워야만 명산이 아니다. 겨레의 맥박과 조상의 숨결이 스며있어야 명산이며, 숱한 문화 유산과 숨은 전설, 그리고 신비의 넘남이 두루두루 풍겨야 비로소 명산이다.

신선이 이 산에 살고 있어서
바람을 타고서 허공을 다녀
센 머리 연기처럼 흩날리면서
바위 틈에 그 몸을 감춘다 하네
천 년을 송진으로 끼니를 삼아
번뇌에서 탈바꿔 오래 살면서
사람을 보아도 말은 안하고
얼굴이 수려하고 눈도 맑다오
그대 어찌 이같은 것 보려 않으니
속세를 멀리 할 생각 없나봐

산중에 어떤 사람이 솔잎만 먹고 사는데, 오랜 세월에 몸이 가벼워 공중 으로 오가며 온 몸에 푸른 털이 났다. 산승이 땔 나무를 베고 나물을 할 때 가끔 만나 보았다고 한다.

山中有人 只食松葉 歲久身輕 空中往來 綠毛遍體 山僧樵菜時 有得見者云.

이 산에 이상스런 짐승이 있어

호랑이 승냥이도 닮지 않았고

몸집은 우람해 산 같이 크고

성이 나면 눈동자 광채 번득여

이따금 큰 나무에다 몸을 비비면

푸른 털 백척이나 높이 걸리고

발자국 크기는 바퀴처럼 넓어

범상한 짐승의 짝이 아니죠

그대 어찌 이것을 보지 않고서

겁내 듯 피해서 가려만 하오

산중에 어떤 짐승이 이 시속의 기록과 같은 것이 있다고 한다.

山中有獸 如詩中所記云.

이 산에 선학이 살고 있는데

나래를 펼치면 하늘을 덮어

흰 구름 사이로 날아다니다

저물면 푸른 벽에 깃든다 하네

암수가 어울려 춤을 추면은

그림자가 봉우리 앞에 진다고 하네

고고한 사람도 친하지 못하는데

하물며 마음으로 대해 주길 바라겠는가

그대 어찌 이것을 보지 않고서

속세로 돌아갈 뜻만 품는고

산중에 어떤 새가 있는데 황새보다 크고 푸른 바탕에 붉은 이마를 지녔는데
쌍쌍이 날아다녀 사람들이 학이라고 한다.
山中有鳥 大於鸛 靑質丹頂 有雄雙飛 人謂之鶴.

이 말을 스님에게 듣고나서는
되돌아 가려다 발길 돌려서
마침내 반 년을 더 머물렀는데
들은 것이 헛된 말 아님 알았네.

此山有羽人　　馭風凌空行
綠髮飄若煙　　巖竇藏其形
千年食松脂　　蟬蛻得長生
見人不接言　　顔秀方瞳淸
君胡不見此　　似無物外情
此山有異獸　　非虎非豺狼
雄形大如山　　怒眸若鏡光
有時磨大木　　翠毛掛百尺
足跡廣如輪　　諒非凡獸匹
君胡不見此　　避去如畏怯
此山有仙鶴　　大如垂天翼
翶翔白雲上　　暮還接翠壁
有時舞雌雄　　雙影峯前落
高人尙不親　　況求對以臆

君胡不見此   胸次未免俗
我聞此僧言   將還更回躅
遂作半歲留   所聞非虛說.

아름다움만큼이나 신비스런 전설을 간직하고 있는 산이 금강산이다. 천하의 절경에다 한 점 속기마저 없어 신선 세계와 결부시켰고, 불교의 전파를 위해 부처의 신비로운 힘을 과장한 이야기, 민중의 아름다운 풍습을 반영한 옛 말 등이 많은데, 대부분 금강산의 기묘한 생김새와 관련된 사연들이다. 23단락에서도 '우인(羽人), 취모인(翠毛人), 선학(仙鶴)'의 전설을 생동감 있게 떠올려 금강산 절경을 한층 더 부각시켰다. 금강산과 관련된 전설로는 유몽인(柳夢寅)의 '푸른 털 돋힌 사람', '나무꾼과 선녀', '마의태자 전설', 매월당 낙상, '삼선암과 선녀', '구룡연 전설' 등 헤아리기 어려울 만치 많다. 이러한 금강산의 전설과 숨은 이야기를 통해 우리 민족이 지나온 생활의 이모저모를 살필 수 있을 뿐만 아니라 지혜와 재능을 가늠할 수 있어 종요롭기만 하다. 금강산은 풍악 · 개골 · 상악 · 선산 · 봉래 · 기달 · 열반 · 중향성 등 여러 명칭으로 불리고 있으며, 삼국시대에는 주로 풍악, 후기 신라 때는 개골 · 상악이라 불렀으며, 봉래라는 이름은 신선사상에서 유래한 삼신산(三神山) 곧 봉래 · 영주 · 방장산 등 신선이 산다는 데서 유래된 명칭이다. 불교가 퍼지기 전에는 신선산이라 했고, 조선시대에 와서 봉래산이라 불렀으니, 이는 15~16세기에 정착된 명칭이다.

산승이 말하기를 이 산 이름은
금강과 기달이라 부른다 하네
수많은 보배가 합쳐서 됐고

1920년대 마의태자(麻衣太子) 묘
마의태자묘는 비로봉 아래에 있다. 아버지 경순왕이 고려에 항복하자 천년사직을 망쳐버린 비통을 달래다 못해, 금강산에 들어가 베옷을 입고 초식으로 연명하며 일생을 보냈다.

고승이 머물던 곳이라 하네

일찍이 내가 본 불경 중에는

조선국 기록은 볼 수가 없고

또 바다의 가운데 있다고 하나

이 산과는 같은건 아니지 않나

산승이 말하기를 불경에 바다 가운데 금강산이 있어 담무갈이란 성인이 그 곳에 머물렀다 했는데 바로 이 산이라 한다. 그러나 이 산이 어찌 바다 속에 있는 산이겠는가!

僧言 佛經云 海中有金剛山 曇無竭聖人所住 卽此山云云 此山豈其海中耶.

상팔담(上八潭)은 여덟 선녀가 하늘에서 내려와 목욕을 했다고 붙여진 이름이며, '나무꾼과 선녀'전설이 깃든 곳이다.

아마도 용백이 힘이 장사라

낚시로 여섯 자라 이어 낚았고

삼산은 드디어 제자리를 잃고

바다에 떠 신선들을 놀라게 하다

정처없이 떠돌다 우리나라 이르러

뭇산에서 제일 가는 산이 되었나

세존봉(世尊峰)

아마도 오강이란 서하 사람이

계수나무 곁으로 도끼 메고 가

계수나무 베어다 여기 떨구어

오랜 세월 내려오며 멎지를 않아

계수나무 줄기가 돌로 변해서

높이 쌓여 하늘에 솟아 났으리

거짓과 진실을 뉘라서 분별해

어떤 이가 산경을 만들려 해서
자유로이 유람을 하고 난 뒤에
인생의 허무감을 깨닫게 됐네.

僧言此山名　　　金剛與怛怛
衆寶所合成　　　中有曇無竭
我言佛書中　　　不見朝鮮國
又云在海中　　　不與此山同
我疑龍伯豪　　　一釣連六鰲
三山遂失所　　　泛海驚仙曹
漂流到我彊　　　作此群山王
又疑西河吳　　　荷斧桂樹旁
斫桂落此地　　　萬古無時停
玉幹化爲石　　　高積纔靑冥
虛實竟誰分　　　何人作山經
自從作天遊　　　始覺吾生浮.

〈화엄경〉에 '동북 바다 가운데 금강산 일만 이천봉이 있는데 담무갈 보살이 늘 그곳에 살고 있다'라 한 것으로 미루어 볼 때 금강산은 3000년전 석가시대부터 천하에 이름이 났으며 또 전하는 기록에 청량국사(淸凉國師)가 제왕에게 상소하기를, 세계에 여덟 금강이 있는데 그 중 일곱 금강은 바다 동쪽에 있고 두 금강만이 조선에 출현 했다고 기록되어 있다.'고 하였다.

　그러나 율곡은 '불경 속에 조선국이라는 기록은 볼 수가 없고 다만 바다 한 가운데에 있다고 하나 이 산이 아니다.' 라고 했다. 그러나 삼신산

설에 나오는 삼산 중의 하나가 금강산이라 했다. 이수광 (李晬光)도 세간에 일컫기를 우리나라 금강산을 '봉래'라 하고, 지리산을 '방장, 한라산을 '영주'라 하는데, 두보의 시에 '방장산'이 삼한에 있다고 하였으니, 바로 이것을 증명하는 것이라 하였으며, 차천로도 두시에 방장산이 삼한에 있다고 한 구절을 들어 삼신산은 모두 우리나라에 있는데, 방장이 곧 지리산이며 영주가 한라산, 봉래가 금강산이라고 하였음을 볼 때 세상에서 일컫는 삼산이 모두 우리나라에 있는 산이며, 그 중 봉래산은 곧 금강산이었음을 알 수 있다.

제3단은 수려청아한 바탕에 전설까지 수놓아 신비가 넘난다. 더욱이 하계물(下界物)이 아닌 천상에서 생겼음을 강조했으니 뭇산에서 제일 가는 산이 거기에 맞아 제격이라 하겠다.

천하절경도 사람을 만나야 명성을 얻어

다음은 결론 부분으로써 마무리의 25단락이다.

산을 내려 골짜기를 나서려 하니
산신령이 나를 향해 시름하면서
꿈 속에 나타나 나를 보고는
그대에게 요구할 게 있다고 하네
천지간에 생겨난 온갖 만물은
사람으로 인해서 이름난다며
여산에 이백이 없었다 한들
뉘라서 그 폭포를 읊조렸으며

난정에 왕희지가 없었다 한들
그 누가 그 자취를 누리었으랴
두보는 동정호서 글을 지었고
소식은 적벽에서 노래를 했네
모두가 큰 솜씨 붓으로 인해
그 이름 멸치않고 전하지 않소
그대는 내 산을 유람하면서
풍경을 남김없이 구경했거늘
어째서 이에 대한 시를 읊잖고
도리어 입 다물고 말이 없는고
그대의 신수의 붓 크게 휘둘러
금강산 좋은 경치 덧보태주오
그대는 이 사람을 잘못 보았소
그대 말은 부질없이 헛된 것이오
내 본디 시문에는 재주 없는데
어떻게 앞의 분을 좇을 수 있나
가슴에는 옹졸한 문장 뿐이라
이것을 읊자해도 반길 이 없소
그대가 주옥같은 시를 얻자면
대손을 찾아가서 구하시구려
산신령 이 말 듣고 시무룩하여
곁에서 오랫동안 지켜보더니
끌끌끌 혀를 차며 내게 하는 말
당신같이 고약한 손 어디 있다냐
내 끝내 사양할 수 없음을 알고

거친 글이나마 짓기로 하니
산형색 열리길 취기 깬 듯해
들은 건 모두가 흐릿해졌네
그러나 약속한 걸 어쩔 수 없어
여기서 그 시종을 적어 보았네.

下山將出洞　　山靈向我愁
夢中來見我　　自言有所求
物生天字間　　因人名乃休
廬山無李白　　誰能詠其瀑
蘭亭無逸少　　誰能壽其跡
子美題洞庭　　東坡賦赤壁
咸因大手筆　　令名垂不滅
君今遊我山　　風景皆收拾
胡爲不吟詩　　反作緘口默
請君揮巨杠　　庶使山增色
我言子過矣　　子言非我擬
我無錦繡腸　　安能追數子
滿腔惟一拙　　吐出人不喜
子欲得瓊琚　　往求無價手
山靈色不悅　　側立久凝視
呐呐指我言　　惡賓無汝似
我知不能辭　　遂許撰荒鄙
形開如酒醒　　所聽皆慌爾
有約不可負　　聊以記終始.

이미 〈금강산 답사기〉 머리말에서도 '유람을 마치고 나서야 들본바를 간추려 삼천 마디의 말을 구성했다.'고 했듯이, 보고 지나친 바는 잊어버리지 않은 과목불망(過目不忘)의 영특한 율곡 선생이라 가슴 속에 산수가 들어있는 것과 마찬가지다. 차마 잊혀지지 않아 당장 보듯이 지은 것이다.

천지간에 생겨난 온갖 만물은 사람으로 인해서 이름이 난다면서 이백도 여산폭포를 읊조렸기에 여산이 드낫고, 왕희지도 난정에 놀 았기에 그 자취가 전하며, 두보도 〈등악양루〉를 읊조려 이름을 덧 보탰으며, 소식도 〈적벽부〉를 읊었냈기에 그 명성이 불후에 드리 웠다고 하였다. 한결같이 중국시사에 최고봉을 차지한 불멸의 시인들로 그 명성이 천 년을 뒤덮은 이들이다. 그래서 경치란 훌륭한 손님을 만나면 하루 아침에 유명해진다. 이는 시인묵객이 아름다운 자연을 대할 때 나는 즐거운 소리를 붓으로 가 라앉혔기 때문이다. 그 래서 ≪시경≫에 '바람이 나무를 흔들면 하늘이 울고, 물이 돌에 부딪치면 소리를 내듯이 비록 천지는 무심하고 목석은 무정하나 감동하고 접촉하면 대자연의 음향도 울리는 법인데, 하물며 만물의 영장인 사람에 있어서랴! 그래서 사람이 모임이나 좋은 경치를 만나면 저절로 즐거운 소리가 나는 법'이라 했다. 이규보(1168~1241)도 시 는 흥이 나서 사물이 촉발되기 때문에 쓴다고 했으며, 사물이 시를 쓰도록 하는 것이며 쓰지 않으려 해도 쓰지 않을 수 없다고 했다.

그래서 율곡 선생도 천하명산 금강에 오르고서 '옹졸한 문장을 읊어 보았자 반가워할 사람이 없을 것이라 겸손을 앞세워 삼천 마디의 다락같은 〈금강산 답사기〉를 마물렀던 것이다. 이렇듯 '높은 곳에 오르면 저절로 시부가 나오고 강산은 이를 도와 아름다운 소리를 토해내게 한다. (登高必賦 江山之助)' 천태만상의 변화무쌍을 작자의 남다른 감각으로 꿰뚫어 그림처럼 읊어내는 것이 서경시가 추구하는 목표다.

그러므로 〈금강산 답사기〉는 박진(迫眞)의 솜씨가 뛰어나서 붓을 들면 '바람과 물이 흐르는 듯(如風水流)' 막힘이 없이 써내려 갔을 뿐, 짐짓 보태고 깎아낸 흔적이 보이지 않는다. 금강산의 자연을 맘대로 반죽해서 자연과의 대화를 의인화해 생동감이 넘친다.

〈금강산 답사기〉를 통해 본 율곡 선생의 유·불·선사상

율곡 선생이 활동한 선조시대는 2천년의 지도이념이 되어온 불교를 배척하고 유학으로 나라의 이념을 삼아 200여 년을 다져왔다. 이러한 시대적 배경 속에서 율곡 선생은 어려서부터 경(經)·사(史)·자(子)·집(集)에 통했고, 배움의 시기에 이미 유(儒)·불(佛)·선(仙) 삼교를 통달하였다. 그 행적이나 시와 문에 보더라도 어느 한 사상에만 집착하지 않고 두루 섭렵했음을 볼 수 있으니, 특히 〈금강산 답사기〉는 이의 호젓한 방증이라 볼 수 있다. 그래서 〈금강산 답사기〉를 통해서 배움의 시기에 그가 추구하려던 사상을 간추려 보고자 했다. 이는 〈금강산 답사기〉란 제한된 자료를 통해서 살펴본 것이므로 문학 속에 나타난 사상의 일부이지 전모가 아님을 조심스럽게 밝혀 둔다.

유학사상

율곡의 기본정신은 공맹(孔孟)의 부끄럽없는 제자가 되는데 있었다. 경서를 탐독하고 시부를 익힌 것도 성학(聖學)이요, 인의를 우러 러 흠모하여 심혈을 쏟아 정진한 것도 성학이다. 한낱 시나 읊조리며 놀이로 세월을 보내는 시인과는 근본조차 달랐다. 더구나 집안의 근본 바탕이 철저히 유학을 숭상하는 집안이라, '들어서면 효도하고 나아가면 충성함'이 유가도덕의 윤리적 실천 기본임을, 부모를 섬김에 있는 힘을 다해야 한다.'는 지극한 효성이 유가의 실천역행임을 모를리 없는 그였다. 따라서 끝내는 유학의 이념을 실천궁행하여 정심수덕(正心修德)의 유가적 역정을 바탕으로 삼아 현실에 참여하고자 했다.

일찍이 10세에 지은 그의 〈경포대부(鏡浦臺賦)〉에서도 '선비가 세상에 나서 자기 몸만 사사로이 말 것이니, 만약 풍운의 기회를 만나면 마땅히 사직(社稷)의 신하가 되어야 하느니라'고 하였으며, 최고봉인 비로봉에 올라 〈등비로봉〉 오언절구를 토해냈으니, 공자가 동산을 오르고는 노나라가 작다고 했고, 태산에 올라서는 천하가 작다고 했는데 이는 두보가 '기어코 최고의 정상에 올라 크고 작은 뭇산의 작음을 바라봐야지'라고 한것과 마찬가지다. 두보와 같이 금강산의 위용을 보고 자신의 옹졸함을 깨달아 정상에서 후일의 다짐이 다락 같았음을 엿볼 수 있다. 곧 높은 산에 올라 훤히 트인 지경을 바라보면 시야가 넓어지고, 마음의 위상이 높아져 호연(浩然)한 기운이 절로 이는 것과 같은 것이다. 따라서 율곡 선생도 금강산 입산을 통해 고요한 도와 움직이는 도를 취하여 본받고자 했음이니, 도의에 뿌리를 박고 공명정대하여 조금도 부끄러울 바가 없는 도덕적 기운이 일찍부터 싹텄음을 볼 수 있다. 뿐만 아니라 금강산 봉우리를 의관을 정제한 만조백관이 정전에 엄숙히 늘어서서 만승의 존귀한 천자를 알현하는 엄전한 모습에 비유하기도 했으니, 자연 형상에다 자신의 속마음을 의탁해서 그려냈던 것이다.

율곡 선생은 또 삼대의 정치이념을 계승코자 애쓴 공자를 본받고자 했으며, 위에서 말한 두보의 평생신조인 '정치는 요순임금 위로 올려놓고 다시금 풍속을 순박한 데로 돌려야 한다.'는 열화와 같은 포부를 실천하려 했다. 따라서 삼대일월(三代日月)의 재림을 갈구하며, 피눈물을 붓쏟아 백성을 위한 바른 정치를 부르짖었지만 덧없는 동서낭쟁에 말려 못내는 서인의 우두머리로 몰리는 바람에 고단한 삶을 살았다. 이를 예견이라도 하듯 〈금강산 답사기〉에서 이미 '어떤 봉우리는 몸을 숙이고 사양을 하는 것 같기도 하고 어떤 봉우리는 등을 돌려 독기를 품은 듯 하다.'고 했다. 후일 율곡 선생은 앞에서는 복종하고 뒤에서는 헐뜯어 비아냥거리는 소인배의 무리들 때문에 아홉 차례나 벼슬에서 물러났다가 다시 임금의 부름을 받고 나아가면서 그릇된 정치를 고치고 어진 정치를 베풀어 이제삼왕(二帝三王)의 덕이 넘치는 정치를 힘써 이루어보려 하였지만 천명은 야속하게도 끝내 선생을 돕지 못했다. 결국 바른 정치를 이루지 못했음에도 힘이 미치지 못하는 한탄으로 돌리고 결연히 황해도 해주 고산(高山)에 들어 하염없이 〈고산구곡가(高山九曲歌)〉를 읊으며 제자와 더불어 성리학의 주자(朱子)를 배우기에 전념했다.

그는 이미 유학이 하늘과 땅을 탐구하기 이전에 인간을 탐구하는 학문이라는 것을 알았다. 이렇듯 현실을 추구하는 현실학임을 직시 했기에 유학교리의 규칙 속에 침잠되거나 안주하지 아니하고 깊은 학문의 축적과 예리한 통찰력으로 현실에 참여했으니, 이러한 진취적인 사고도 금강산에 들던 배움의 시기에 형성되었으리라 본다. 입산을 통해 학문과 덕행을 진지하게 닦아 자기 일신의 수양을 무상의 경지에 이르게 한 뒤, 그 완성된 인격을 바탕으로 입신하여 유학의 통치이념을 계승하고 발전시키고자 했음을 볼 수 있다. 그러므로 금강산 입산은 부처에의 귀의가 아니라 실은 수양의 방편이었던 것임을 알 수 있다.

불교사상

조선조 불교가 신흥의 유학에 외면되고 더욱이 유학을 숭상하고 불교를

배척하던 국시로 위축되었음은 실은 해묵은 폐단 때문이었다. 그러나 천
년의 다스림과 영생 및 왕생(往生)은 오히려 왕실의 내호까지 입어, 신라
와 고려에 못지 않은 경신(敬信)의 밑바대가 되어 사뭇 민간신앙의 모탕
이 되었다 유학을 앞세운 기운은 안으로는 불교에 솔깃하면서도 밖으로
는 짐짓 배척하는 기현상을 낳아 그 거국적인 반대에도 세종의 내불당 건
립과 같은 믿음을 낳았다. 거기에는 불교의 그윽한 이념과 스님과의 진
실한 증답(贈答)이 향내로 물씬함을 찾기에 수고롭지 않아서이다.

따라서 율곡 선생도 약관시에 이미 유가서는 물론 제자백가서를 두루
읽어 넘겼고, 그 총명으로 보아 불교사상이나 노장사상에도 상당한 흥미
를 느꼈던 것으로 보이며, 특히 '젊었을 때 자못 선학(禪學)을 좋아해 불
교서적을 폭넓게 보았다.'라고 하였는데 진작에 각종 불서를 통독했음을
알 수 있다. 그에 있어서 불교가 학문적 관심사로 대두되었음을 말해 주
는 내용이 후일 그의 불교에 대한 회고담 속에 자주 보인다. 그리고 보우
(普雨)의 유명한 (일정론(一正論))을 배척한 운력이 되어 원로의 앞장에
서 통박했던 것이다.

이러한 율곡 선생의 불교사상의 천착은 후일로 미루고, 이 〈금강산 답
사기〉를 통하여 수학기의 불교사상의 일면을 더듬어 보기로 한다. 불교가
종교로 공인된 후 오랜 세월을 거치는 동안 민간신앙에 접합해 민간생활
에 깊이 파고들었다 해도 유교를 국시로 한 조선시대의 선비가 드러내놓
고 불교를 연구한다는 것은 실로 어려운 일이었다. 그러나 어머니를 여읜
율곡 선생의 망극지통(罔極之痛)은 불서를 접하게 했고, 이는 결국 입산
을 결행하는 용단으로 이어졌다.

더욱이 강릉에서 태어났던 율곡 선생은 예전부터 금강산에 대한 소문을
듣고 이에 대한 호기심 또한 없지 않았던 터라 입산을 결행하게 되었던
것으로 보인다.

율곡 선생에 있어서 금강산 산사 생활은 스님과의 교유로 일관하였다고도 볼 수 있다. 〈연보〉에 의하면 19세 되던 해 3월 입산해서 내금강 마하연에서 시작한 수양 생활은 산을 나오기까지 1년이란 세월로도 입증된다. 마하연에서만 머문 것은 아니었지만 금강산을 두루 유람하면서 스님다운 스님을 만나거나 절답다고 생각되는 곳에 서는 반드시 머무르며 선어(禪語)를 나누었으니, 산사와의 인연은 물론 스님과의 교유도 잦을 수밖에 없었다. 뭇산을 거친 것도 스님의 안내였고, 산행에서 쌓인 피로도 선방에서 풀었다. 뿐만 아니라 길이 험함을 알려 준 것도 길을 인도한 것도 스님이었다. 더욱이 반년을 머물다 속세로 돌아오려 하였으나 스님의 간곡한 만류로 오히려 반 년을 더 머물렀으니, 모두가 스님과의 친분에서 비롯된 것으로 볼 수 있다. 이는 결국 불자의 찬미를 낳게 했으니, 남초암 스님을 신선의 자태가 있음에 비유했고, 다시 '봉우리의 형상을 고고한 스님의 좌선하는 자태'에 비유하기도 했다. 이는 독신(篤信)이 아닌 스스럼없는 경외(敬畏)에서였다.

위로는 보리를 구하고, 아래로는 중생을 제도하는, 이른바 자신에게도 이롭게 하기 위해 행실을 닦는 불자를 숭모했다. 때로는 선탑에 기대어 속세를 잊고자 안으로 기틀을 삭힌 대목도 보이며, 또한 '속세의 모든 인연을 떨치고 오로지 솔잎을 양식 삼아, 일심불란(一心不亂)의 경지에 들고자 수도하는 스님을 보고는 '이곳에 머물려면 곡기 끊는 법부터 배워야하겠다'.고 스스로 뇌어보기도 했다. 이 역시 잠정적인 상념의 발로로 보아야 마땅하다.

그러나 당시 사찰에서는 기복불사(祈福佛事)로 번거로웠으며, 또한 도타운 불자가 아닌 보라꾼이 저지른 야료 때문에 지탄의 대상이 되었다. 그래서 선생은 '못된 중은 산하나 더럽혔지'라는 핀잔도 서슴치 않았었다. 후일 이로 말미암은 극성은 결국 불교의 말폐에까지 이르러 보우의

논지를 맹자의 사단(四端)으로 다스리게 할 빌미가 되었다. 〈금강산 답사기〉에서 보듯이 율곡 선생은 입산 생활을 시종 스님과 일관하였고, 수많은 암자들을 드나들면서 직접 체험한 조심(操心)의 참선이 그의 전부였으니, 이것이 지탄의 대상일 수는 없다.

물론 입산 동기에 선학(禪學)을 연구하여 불교의 현묘한 진리를 터득해 보려한 일면도 있으니, 금강산 '운수행각(雲水行脚)'을 미루어 보더라도 짐작할 수 있다. 그러나 불성에의 귀의나 침잠은 아니었으니, 다만 선학 체험을 통해 배달의 사상을 간고른 사상의 고향인 삼보(三寶)의 그루턱을 넘짚고자 했음이니, 율곡 선생의 금강산사 생활은 그야말로 명색은 유자이나 그 행실은 불자를 좇았다고도 볼 수 있다.

맞추어 ≪율곡전서≫에는 불교와 유학관계를 진술하게 다룬 귀한 시화(詩話)가 실려 있어 모름지기 주목을 요한다. 곧 금강산에 들어 가서 조그마한 암자의 늙은 스님에게 준 칠언절구인 〈풍악증소암노승(楓嶽贈小庵老僧)〉에 덧붙인 서문(序文)이 그 알뜰한 사연이다.

내가 금강산을 구경하러 갔을 때의 일이다. 하루는 혼자서 깊은 골짝을 걸어가자니 몇 리쯤에 조그마한 암자에 늙은 스님이 가사를 입고 가부좌하고 있는데 나를 보고도 일어나질 않고 또한 한 마디의 말도 없었다. 암자 안을 두루 둘러보아도 다른 물건이라곤 전혀 없고 부엌에도 밥을 지은 지가 여러 날이 된 듯 했다. 그래서 내가 '여기에서 무엇을 하느냐?'라고 물었더니 스님은 씽긋 웃으며 대꾸가 없어 또 묻기를, '무엇을 먹으며 요기를 하느냐?'고 하니까 스님이 소나무를 가리키면서 '이것이 나의 양식이다.' 하였다. 내가 그의 말씨를 시험하고자 묻기를, '공자와 석가모니는 누가 성인인가?'라고 했더니 스님이 '젊은 선비는 늙은 중을 놀리지 말라.'라고 하였다. 내가 '불교는 바로 오랑캐의 가르침이니 중국에서 베풀 수가 없다.'고 했더니 스님이 '순임금은 동이(東夷) 사람이고 문왕(文王)은 시이(西夷) 사람이니 이도 또한 이적(夷狄)인 오랑캐가 아니냐?'라고 했다. 내가 '불가의 오묘한 곳은 우리 유가(儒家)보다 나은 것이 없는데 하필이면 왜 유학을 버리고 부처를 공부하느냐?'고 하자, 스님이 '유가에도 또한 부처의 말이 있느냐?' 하였다. 내가 '맹자가 천성은 착하다는 성선설(性善說)을 말씀할 때, 말끝마다 반드시 요임금과 순임금을 칭송했으니 어찌 마음이 곧 부처라는 말과 다르겠는가. 다만 우리 유가의 견해가 진실스럽다.'고 하니 스님이 수긍을 하지 않고 오래 있다가 '색(色)도 아니고 (쏘)도 아니라 함은 어떠한 말인가?'라고 하였다. 내가 또한 '이는 앞에 말한 경지와 같다.'고 했더니 스님이 비웃기만 했다.

내가 이어서 '솔개미가 하늘을 휘날고 물고기가 연못에 뛰논다(鳶飛戾天 魚躍于淵)는데 이것이 색이냐 공이냐?'고 했더니, 스님이 '그것은 색도 아니고 공도 아닌 진실하고 변하지 않는 진여(眞如)의 본체인데 어찌 이 시구와 비길 수 있느냐!'고 했다. 내 웃으면서 '이미 말이 있으면 곧바로 경지가 있는데 어찌 그를 본체라 하겠느냐. 만약 그렇다면 유가의 야릇한 이치는 말로는 전할 수 없고 부처의 도리 또한 글자 밖에 있는 것이 아니냐?'고 했더니, 스님이 크게 놀라 나의 손을 덥석 잡으면서 '그대는 세속의 선비가 아니구료. 나를 위해 시를 짓되 솔개미가 날고 물고기가 뛰노는 글귀를 풀어 달라.'고 하기에 내가 절구 한 수를 지어 써 주었더니, 스님이 본 뒤에 거두어 소매 속에 넣고 이내 몸을 돌이켜 벽을 향해 참선에 들었다.

나도 그 골짝을 나왔는데 얼떨결에 그가 어떤 사람인지 알아놓지 않았다. 그 뒤 사흘만에 다시 가 보았더니 조그마한 암자는 여전한데 스님은 이미 어디론가 가버렸다.

물고기 뛰고 솔개미 날아 아래 위가 같은데

그것은 바로 색도 아니고 공도 아닌 것이니라

열없이 빙긋 웃고 내 신세를 돌아다보니

석양에 우거진 숲 속에 홀로 서 있었다.

魚躍鳶飛上下同

這般非色亦非空

等閒一笑看身世

獨立斜陽萬木中.

　　위 절구의 서문에서, 율곡 선생은 천지조화의 묘인 도가 유학의 기본이
념임을, 일체의 사물에 있어 군자의 덕이 두루 미침에 비기는 '연비려천
어약우연' 이라는 ≪시경≫의 구를 들어 밝히고 있다. 반면에 노승은 불교
의 기본이념인 '색도 아니고 공도 아닌(色卽是空 空 卽是色)' 의 ≪반야심
경(般若心經)≫ 의 요체를 들어 현세의 모든 사물과 현상은 본래가 공(空)
이요 무(無)임을 밝혔다. 유학과 불교의 근본을 앎에 있어 실로 중요한 대
문이다. 특히 노승과의 문답에서 젊은 율곡 선생의 사상을 이해할 수 있
어 참으로 귀한 자료다 그러니까 노승과의 문답에 있어 높깊은 율곡 선생
의 확고한 심지가 엿보여 실로 값지다. 특히 주고받은 문답의 차원이 하
도 높아 더하다. 따라서 어렵사리 철학적인 존재론을 드세움은 이해를 더
욱 어렵게 한다.

　　이는 한갓 말씨름이 아니라 사상논쟁인 것이다. 그러므로 이 금강산 조
그마한 암자의 노승에게 준 칠언절구로 미루어도 율곡 선생의 금강산 입
산이 바로 불가에의 귀의가 아니었음을 넉넉히 짐작케 된다.

　　더욱이 입산을 빌미로 율곡의 사상을 비아냥거림은 공론에 지나지 않는
다. 요컨대 율곡은 그만큼 도도한 사상가였기 때문이다.

신선사상

신선이란 오래 사는 것을 의미하는데 늙어서 죽지 않는 것을 신선이라 하고 신선은 옮기는 것이니 곧 산에 들어가는 것을 의미한다. 때문에 '선(仙)'이란 글자는 사람인(人)과 뫼산(山)자로 이루어졌다.

이는 불로장생을 위해 입산수도하는 사람 및 그 행위를 뜻한다. 신선사상은 생로병사의 무상한 숙명과 그 공포로부터 벗어남이란 점에서 인간의 이상을 충족시키기에 충분했고, 더구나 낭만, 상상, 환상의 문사들은 수려한 산수나 혹은 취락(醉樂)의 여흥이면 버릇처럼 노래 해 본 이상향이기도 했다. 이러한 '승화낙천(昇化樂天)'하는 신선사상은 우리의 민간신앙으로 절어 두루 대물려졌다.

너 나 없이 동경한 신선세계여서 고시가(古詩歌)에는 물론 시인묵객들의 글과 그림에도 신선이 결부된 말결은 지천이고, 화폭에도 신선은 다투어 그린 제재요 소재였다.

여러 사상서를 두루 섭렵한 율곡 선생도 신선세계에 상당한 흥미가 있었음을 볼 수 있다. 〈금강산 답사기〉가 3000마디인 것도 우연만은 아니어서 신라 사선이 그 무리 삼천 명을 거느리고 금강산에서 수양하였고, 영랑(永郎)이 읊조린 시가 삼천 수에 달한다고 했으니 이의 영향이 아닌가 한다. 또한 〈금강산 답사기〉는 자못 많은 선어로 짜여졌다. 이는 물론 선계를 동경한 나머지 지상의 금강산이 환상의 선계를 방불케 하였기 때문임을 볼 수 있으나 이는 한 점 때묻지 않은 그의 천품의 발로라고도 볼 수 있다. 그래서 '이 산은 하늘에서 떨어져 나왔지 속세에서 생겨난 산이 아니다.'라 하여 때묻지 않은 금강산을 선계에서 만들어진 작품에 비유하기도 했으며, 오강 (吳剛)이 '신선을 배우다가 잘못을 저질러 달 속으로 귀양을 가서 계수나무를 베는 일을 했다.'는 고사를 인용해서 금강산이 선계에서 떨어져 생겼음을 비유하기도 하였다.

　또한 높은 봉에 올라가 신선의 자취를 밟겠다고도 했으니 선학을 짝해 상념을 헹구었고 신선의 발자취를 따라 밟겠다는 열선(列仙)에의 동경 또한 다부졌음을 볼 수 있다. 뿐만 아니라 금강산 선경에 의탁해 신선의 실체를 구체적으로 상술했으니 '바람을 타고 허공을 날아다니는 신선이 천 년 동안 송지만 먹어 번뇌에서 벗어나 장생불사한다.'고 하였다. 이는 현세에서나마 탈태환골(奪胎換骨)해 보려는 의표로도 볼 수 있겠다. 그래서 최고봉인 비로봉에 올라서는 천상의 선계를 휘파람으로 노크했더니 '선궁의 신선들이 모두 놀래고 옥황도 놀래서 꾸짖었을 것'이라고 했으며 '상제의 궁궐이 멀지 않지만 도의 그루터기가 부실해서 어쩔 수 없네.'라 한 것은 신선세계를 동경한 나머지 현실을 인식하고 자신을 달래려는 몸부림이라 볼 수 있다. 또한 '아무리 세속을 초월한 사람이라도 신선과 범부 사이에 있지 않겠냐?'고 스스로에게 되 묻기도 했다.

　이상에서 볼 수 있듯이 율곡 선생은 신선을 인간의 이상으로 보았으나 내세보다는 현세의 신선을 그렸으며, 열선에의 동경도 번뇌에서 벗어나 신선의 경지에 들고자 함도 그의 친화자연적 천성을 금강산 선경에 의탁해서 안분지족(安分知足)과 자연의 순리대로 때묻지 않은 삶을 실천하려는 데 있었다고 하겠다.

　또한 옥황상제가 거주하는 천상과 인간의 현세, 그리고 신선들의 선계와 수부(水府)로 구분한 도교적 우주관을 율곡 선생은 천상이 곧 선계이며 선계를 곧 삼청궁(三淸宮)으로 보았으니 천상계와 선계를 같은 맥락에서 다루었음을 볼 수 있다. 모름지기 선계를 방불케 한 금강산이기에 모두가 한낱 허구만은 아니었다.

사상 유례가 없는 〈금강산 답사기〉 풀이를 마치며

예로부터 명산은 이름난 유·불자(儒·佛者)와 시인묵객(詩人墨客)을 배출한다고 했다. 중국의 태산은 공자와 두보를, 우리의 금강산은 율곡 선생과 송강을 낳았다고 볼 수 있으니, 모두가 우연이 아니었다.

태백준령을 병풍으로 삼아 반도의 척추에 자리한 금강산은 일만 이천 개의 봉우리와 수많은 폭포 그리고 크고 작은 절이 무려 팔만여 개나 된 다고 했다. 또한 계절에 따라 금강, 봉래, 풍악, 개골이란 별칭을 갖고 있 으며, 대자연의 향연이 수시로 펼쳐지는 살아 있는 자연박물관이다. 이렇 듯 신비의 너울에 감싸여 있는 영산의 참모습을 단숨에 뛰어난 문장력으 로 휘갑한 〈금강산 답사기〉 야말로 금강산을 앉아서 바라볼 수 있는 무아 지경의 기행시가 틀림없다 하겠다.

문이 아닌 시이므로 함축이 넘치고 사실적인 묘사로 해서 풍기는 맛이 살았다. 거침없이 뻗어나가되 요점을 하나도 놓치지 않고 묘사해 낸 사실 적인 울력은 하염없는 탄복을 안겨준다. 더욱이 봉우리 이름과 절, 암자 그리고 못, 폭포를 비롯하여 고사에 이르기까지 자상한 주까지 베풀어 있 어 탐승의 경로가 확연해서 일컬어 금강산 기행의 백미라 하겠다. 600구 3000언의 대단원 〈금강산 답사기〉는 기·승·전·결 4단으로 구성되어 있으며, 이는 또 25단락으로 세분할 수가 있다. 단락마다 정밀한 계학(才 學)을 발휘해서 느낀 바 실경을 보탰으니 표현된 대자연의 물색 생태가 붓끝에서 넌출거려 읊을수록 만가지 형상이 되살아나 소식(蘇軾)의 이른 바 '시 속에 정이 있고 그림이 있다.'는 말 그대로다. 특히 직관과 객관이 빚은 영감의 만남, 선어(禪語)의 교감, 그래서 모습이 살아 움직이고 정이 숨어 호흡하는 정중동(靜中動), 동중정(動中靜)이 이 〈금강산 답사기〉를 더욱 영활케 했다 하겠다. 무엇보다 처음부터 끝까지 장편의 시로 지어냈다는 점이 특이하며 우리나라 한시사에 유례가 없는 거대한 작품이다.

만년에 읊은 율곡 선생의 서정시가 맑고 시원스러우며 운치가 깊고 느끼는 맛이 무궁하다면, 배움의 시기에 〈금강산 답사기〉는 웅걸한 기재와 뭇 사람을 뛰어넘는 재학이 서려 있다고 보아야 할 것이다. 더더구나 되새기고, 조탁하고, 다듬지 않은 즉 구호가 거의 였으니 바람과 물이 흐르듯 거리낌없이 읊어낸 〈금강산 답사기〉야 말로 그의 시재를 가늠할 수 있는 둘도 없는 자료라 하겠으며, 한 번 보면 잊지 않는 영특이 빚어낸 수학기의 대표적 작품이다. 또한 〈금강산 답사기〉는 율곡 선생의 상념까지 엿볼 수 있으니 우뚝 솟은 장엄한 봉우리의 모습에서 장부의 호연지기를 길렀고 자리(慈理)에 몰입하여 진여(眞如)의 피안(彼岸)을 거니는 고요를 터득하려고도 했으며, 금강의 선경에 의탁해서 승화낙천(昇化樂天)한다는 내세의 신선도 현세에서 우러렀으니 이는 후일 그의 우주관과 인생관 형성에 있어서 새로운 시야가 정립되었음은 물론이다. 특히 유학적 지식에 바탕한 불교적 소양은 그의 학문적 세계의 폭과 깊이를 그만큼 증진시키는 데 기여했다고 볼 수 있다. 결국 율곡 선생은 금강산에 입산하여 공전절후(空前絶後), 즉 앞에서도 찾아 볼 수 없고 뒤에서도 흉내내지 못할 〈금강산 시〉를 얻은 동시에 한편 불교의 전적을 섭렵하여 보우(普雨)의 불교전횡을 막는 선봉을 쟁취하게 한 빌미가 됐으니, 감흥을 집약한 기행으로 미루어 후일 조선에 있어 성인에 버금가는 아성(亞聖)을 낳게 한 원동이 되었음은 물론이다.

흔히 정이 글을 낳아야지 글이 정을 빚으면 허실이 엇갈린다고 하지만 이 〈금강산 시〉는 사실의 여과로 서정을 가라앉힌 재학(才學)의 승화인 점에서 더욱 진가가 드높다 하겠다.

◆ 알기 쉽게 간추린 율곡 선생의 일대기
◆ 〈금강산 답사기〉 원문

1536년(1세) **중종(中宗) 31년** **병신(丙申)**	• 12월 26일 새벽 4시 강릉 북평촌(北坪村), 지금의 오죽헌(烏竹軒) 외가에서 태어났다. 어머니 사임당께서 검은 용이 동해 바다에서 침실 쪽으로 날아와 문머리에 서려있는 꿈을 꾸고 바로 율곡 선생을 낳았다. 그래서 선생이 태어난 방을 몽룡실(夢龍室)이라 이름하였으며, 어릴 적 이름도 현룡(見龍)이라 불렀다. 이 때 아버지 이원수(李元秀) 공은 36세였고 어머니 사임당(師任堂)은 33세였다. 7남매 가운데 다섯 째였다.
1538년(3세)	• 말을 배우자 곧바로 글을 읽을 줄 알았다. 하루는 외할머니가 석류를 가지고 '이것이 무엇과 같으냐?'고 묻자, 율곡 선생이 대답하기를 '껍질 속에 붉은 구슬이 부서져 있는 것과 같다(石榴皮裏碎紅珠)'고 하였다.
1540년(5세)	• 어머니 사임당이 병환 중이어서 온 집안이 시름에 잠겨 있는데 선생이 외조부 사당 안에 들어가서 기도하고 있었으므로 집안 사람들이 경탄하여, 달래어 돌아왔다. • 어느 날 큰 비가 내려 마을 앞 시냇물이 넘치는데 내를 건너가던 행인이 발을 잘못 디디어 넘어지자 모두들 손뼉을 치며 웃었으나 오직 선생만은 기둥을 붙들고 혼자 안타까워하면서 걱정하다가 그 사람이 안전하게 건너게 됨을 보고서야 비로소 안심하는 빛을 띠었다. 이같이 어릴 때부터 타고난 천성이 효성스러웠으며, 인애(仁愛)로웠다.

1541년(6세)	• 강릉으로부터 어머니를 따라 서울로 올라왔다. 그때 서울 집은 수진방(壽進坊), 지금의 청진동이었다. 이 때 대관령을 넘으면서 어머니께서 북평촌에 계시는 외할머니를 그리며 지은 시 "늙으신 어머님을 고향에 두고 외로이 서울 길로 가는 이 마음, 이 따금 머리 들어 북촌을 바라보니 흰 구름 날아 내리는 곳 저녁산만 푸르네."를 듣고 배웠다. 후일 율곡 선생은 어머니만큼이나 외할머니를 그리며 지극 정성으로 모셨다.
1542년(7세)	• 처음에는 어머니에게서 글을 배웠다. 더러는 밖의 스승에게 나아가 배우기도 하였으나 애쓰지 않고 학문이 날로 성취되었다. 이 때에 이르러서는 문리(文理)가 통해 논어, 맹자, 중용, 대학 등 모든 경서(經書)를 깨달아 알았다.
1543년(8세)	• 경기도 파주에 있는 화석정(花石亭)에 올라 시를 지었다. 수풀 속 정자에 가을 저물어 시인의 시상은 가이 없구나 하늘과 잇닿아 물빛 파랗고 서리맞은 단풍은 해를 받아 붉구나 산 위에 둥근 달 돌아오르고 강물은 끝없이 바람 머금네 변방의 기러기 어디로 갈까 저무는 구름 속 소리 끊어져.

	이 시는 격조가 높아 시율에 능한 사람도 따를 수 없는 뛰어난 작품이라고들 하였다.
1544년(9세)	• 이륜행실(二倫行實)을 읽다가 옛날 장공예(張公藝)란 사람이 9세(世) 가족이 모두 한 집에서 살았다는 글을 읽고, 그를 사모한 나머지 형제들이 부모를 받들고 같이 사는 그림을 그려놓고 바라보았다. 또 명현(名賢)들의 행적을 기록하여 사모하는 자료로 삼기도 하였다. 아무리 어려서 장난칠 때의 일일지라도 모두 올바른 데서 나오지 않은 것이 없었다.
1546년(11세) 명종(明宗) 1년 병오(丙午)	• 아버지가 병환이 나시자 선생은 팔을 찔러 피를 내어서 입에 넣어드리고 사당 앞에 엎드려 대신 죽도록 해달라고 기도하였는데 병환이 곧 나았다.
1548년(13세)	• 진사초시(進士初試)에 올라 학문의 명성이 자자하였다. 나이가 어리자 승정원 사람들이 선생을 별도로 불러보았는데, 그 때 나이가 같은 다른 사람은 교만한 태도를 보였으나 율곡 선생은 평상시와 조금도 다르지 않으므로, 사람들은 벌써 큰 인물이 될 줄 알았다고 하였다.
1551년(16세)	• 5월에 어머니 사임당이 세상을 떠나셨다. 경기도 파주 자운산(紫雲山)에 어머니를 모셨다. 이 때 율곡 선생은 아버지를 따라 해서(海西)로 갔다 오는 도중 부음을 들었다. 하늘이 무너지는 듯한 슬픔 속에 3년 동안 묘곁을 떠나지 않고 여묘살이를 하였

	으며, 모든 일을 몸소 실행하였다. 심지어 제기를 씻는 일까지 하인에게 맡기지 않았다. 어머니의 행장(行狀)을 지었다.
1554년(19세)	• 우계(牛溪) 성혼(成渾) 선생과 친구로 사귀었다. 우계 선생은 나이가 한 살 위였는데도 율곡 선생을 스승으로 섬기려 했다. 그러나 선생은 굳이 사양 하고 도리어 도의(道義)의 친분을 맺고 끝까지 변하지 않았다. • 이 해 3월 금강산으로 들어가 1년 남짓 금강산 구석 구석을 돌아보고 불후의 명작 〈금강산 답사기〉를 남겼다. 선생은 "공자가 지혜로운 자는 물을 좋아하고, 어진 자는 산을 좋아한다고 하였는데 그렇다면 어질고 지혜로운 자가 타고난 기를 제대로 잘 기르려면 산과 물을 버리고 어디에서 구하겠는가!" 라고 하면서 극구 만류하는 친구들을 설득하고 홀연히 금강산으로 들어갔다.
1555년(20세)	• 봄에 서울에 있는 집으로 돌아와 다시 강릉 북평촌 외할머니에게로 문안을 드리러 갔다. 이 때 스스로 경계하는 글(自警文)을 지었는데 "먼저 뜻을 크게 세우고 성현을 표준으로 삼되 털끝만치라도 성현에게 미치지 못하면 나의 할 일은 끝나지 않은 것"이라 하면서 오로지 성현을 기준으로 삼았다.
1556년(21세)	• 봄에 수진방 서울집으로 돌아왔다. 이 때 관리를 등용하기 위하여 시험을 보았는데 장원으로 뽑혔다.

1557년(22세)	• 9월에 성주목사(星州牧使) 노경린(盧慶麟)의 따님에게 장가 들었다.
1558년(23세)	• 봄에 성주에서 강릉으로 오는 길에 경상북도 예안(禮安)으로 찾아가 퇴계(退溪) 이황(李滉) 선생을 뵙고 학문을 물었다. 그 때 퇴계 선생은 율곡 선생보다 35세 위였으나 어린 율곡 선생이 벌써 학문의 깊이가 있자 "나중에 태어난 선비도 덕을 닦고 학문을 쌓으면 얼마나 진보될지 모르니 두려운 일이다. "라고 하였다. 그 길로 선산(善山) 매학정(梅鶴亭)에 들러 초서(草書)의 대가 고산(孤山) 황기로(黃耆老) 선생을 만났다. 이것이 인연이 되어 후일 아우 옥산(玉山) 이우(李瑀)의 장인이 되었다.
1561년(26세)	• 5월에 아버지께서 별세하시자 어머니 무덤에 합장하였다.
1564년(29세)	• 봄에 청송(聽松) 성수침(成守琛) 선생이 돌아가시자 직접 빈소에 찾아가 문상하고 청송 선생의 행장을 지었다. • 7월에 생원, 진사시에 합격하였다. 또 8월에는 명경과(明經科)에 급제하여 첫 벼슬로 호조좌랑(戶曹佐郞)에 임명되었다. 율곡 선생은 보는 시험마다 장원으로 뽑혔는데 모두 합치면 아홉 차례나 장원을 하였기 때문에 당시 모든 사람들이 '아홉 번이나 장원한 분(九度壯元公)' 이라고 하였다.

1565년(30세)	• 봄에 예조좌랑(禮曹佐郞)으로 자리를 옮겼으며, 11월에는 사간원 정언에 임명되어 관리를 뽑는데 청탁을 배제해야 한다고 강력히 주장하였다.
1566년(31세)	• 다시 정언에 제수되어 "마음을 바로잡아 정치의 근본을 세우고, 어진 사람을 가려 뽑아 조정을 깨끗이 하며 백성을 안정시켜 국가의 근본을 튼튼히 해야 한다."고 임금에게 상소하였다.
1567년(32세)	• 명종(明宗) 대왕이 승하하시자 만사(輓詞)를 지었다.
1568년(33세) 선조(宣祖) 1년 무진(戊辰)	• 2월에 사헌부 지평(司憲府持平)에 임명되었다. • 4월에 장인 노경린이 별세하였다. • 11월에 다시 이조좌랑(吏曹佐郞)에 임명되었으나 강릉 외조모 이씨의 병환이 급하다는 소식을 듣고 벼슬을 버리고 강릉으로 돌아왔다. 이때에 간원(諫院)에서는 본시 법전에 외조모 근친하는 것은 실려 있지 않다 해서 직무를 함부로 버리고 가는 것은 용서할 수 없으므로 파직시키라고 하였으나 선조 임금은 비록 외조모일지라도 길러준 은혜가 있고 늙도록 아들이 없는 데다 또한 정이 간절하면 가볼 수도 있는 것이지, 효행에 관계된 일인데 어떻게 파직시킬 수 있느냐고 하면서 받아들이지 아니하였다.
	• 6월에 홍문관 교리(弘文館校理)에 임명되자 상소하여 사양하였으나 끝내 받아들여지지 않자 7월

1569년(34세)	에 조정으로 올라왔다 • 9월에 동호문답〈東湖問答〉을 지어 올렸다. • 10월에 강릉으로 돌아가 외할머니 병 간호를 하게 해 달라고 간청하자 임금은 특별휴가를 주었다. 이 해 외할머니께서 90세의 나이로 별세하였다.
1570년(35세)	• 4월에 교리에 임명되어 조정으로 돌아왔다. • 8월에 맏형 죽곡(竹谷) 선(璿)이 별세하였다 • 10월에 병으로 벼슬을 그만두고 황해도 해주야두촌(海州野頭村)으로 돌아가니 거기는 바로 선생의 처가가 있는 곳이다 이 때 많은 선비들이 선생을 찾아와 배운 자가 많았다. • 12월에 퇴계 선생의 부음을 듣고 영위를 갖추고 멀리서 곡하였으며, 아우 옥산으로 하여금 제문을 가지고 가 직접 조문케 하였다.
1571년(36세)	• 정월에 해주로부터 파주 율곡으로 돌아왔다. • 여름에 다시 교리에 임명되어 불려 올라와 곧 의정부검상사인(議政府檢詳舍人), 홍문관 부응교 지제교 겸 경연시독관 춘추관 편수관(弘文館副 應教 知製教 兼 經筵侍讀官 春秋館編修官)으로 옮겼으나 모두 병으로 사퇴하고 해주로 돌아갔다. • 어느 날 학자들과 함께 고산(高山) 석담구곡(石潭九曲)을 구경하고 해가 저물어 돌아오다가 넷째 골짜기에 이르러 송애(松崖)라 이름하고 기문(記文)을 지으며 또 남은 여덟 골짜기에도 모두 이름을 붙여 기록하고 은거할 계획을 세웠다

	• 6월에 청주목사(淸州牧使)에 임명되어 전심으로 민생교화에 힘쓰며 손수 향약(鄕約)을 기초해서 백성들에게 실시케 하였다.
1572년(37세)	• 3월에 병으로 사직하고 서울로 올라와 여름에 파주 율곡으로 돌아갔다. 이 때에 유명한 이기설(理氣說)을 가지고 우계 선생과 이론을 전개하기 시작하였다. • 8월에 원접사종사관, 9월에 사간원사간, 12월에 홍문관응교, 홍문관전한에 임명되었으나 모두 상소하고 나가지 않았다.
1573년(38세)	• 7월에 홍문관 직제학에 임명되자 병으로 사퇴코자 했으나 허락을 받지 못해 부득이 올라와 세 번 상소하여 허가를 받아 8월에 율곡으로 돌아갔다 거기서 감군은(感君恩) 시를 지었다. 9월에 직제학에 임명되어 다시 올라왔다. • 통정대부승정원동부승지지제교에 승진되고 경연 참찬관 춘추관수찬관을 겸임하게 되었는데 소를 올려 사양하였으나 윤허를 받지 못했다.
1574년(39세)	• 1월에 우부승지(右副承旨)에 승진되어 임금의 명령으로 만언봉사(萬言封事)를 지어 올렸다. 일곱 가지의 시급히 고쳐야 할 폐단을 지적했는데 "위 아래가 서로 믿지 못하고, 일을 책임지려는 신하가 없고, 경연에는 성취하려는 의지가 없으며, 어진 이를 불러들이긴 하나 적재적소에 쓰지 못하고, 백성을

	구제할 계책이 없고, 인심을 착한 곳으로 돌리려는 실상이 없다."라 하고 그 해결책을 제시하였다. • 3월에 사간원 대사간에 임명되었으나 4월에 병을 이유로 물러났다. 또 얼마 안되어 우부승지에 임명되었으나 사직하고 율곡으로 돌아왔다. • 6월에 서자 경림(景臨)이 출생하였다. • 10월에 황해도 관찰사에 임명되어 학교를 일으키고, 교화를 숭상하고, 백성의 고통을 구하고, 군정을 닦고, 착한 자를 표창하고, 악한 자를 처벌하는 것을 급선무로 삼자 모든 백성들이 감격하며 따랐다.
1575년(40세)	• 동서당쟁(東西黨爭)이 일어났다. • 9월에 성학집요(聖學輯要)를 지어 올렸다.
1576년(41세)	• 2월에 율곡으로 돌아왔다. • 10월에 해주 석담으로 돌아와 먼저 청계당(聽溪堂)을 지었다.
1577년(42세)	• 1월 석담으로 돌아와 종족을 모아놓고 동거계사(同居戒辭)를 지었다. 서모를 친어머니와 같이 극진히 섬겼다. • 12월 격몽요결(擊蒙要訣)이 완성되었다. 율곡 선생은 처음 배우는 사람들이 학문의 방향을 알지 못하자 "마음을 세우는 법, 구습을 개혁하는 법, 몸가짐을 바르게 가지는 법, 독서하는 법, 어버이를 섬기는 법, 남에게 처신하는 법" 등을 상세히 서술하여 초학자의 지침서로 삼게 하였다.

1578년(43세)	• 우리나라 최초의 사립대학인 은병정사(隱屛精舍)를 건립하고 주희(朱熹)의 무이도가(武夷棹歌)를 본떠 연시조 고산구곡가(高山九曲歌)를 지었다. • 3월과 5월 대사간(大司諫)에 임명되었으나 상소를 올려 사직하였으며 어지러운 시국을 타개하고 난국을 극복할 수 있는 방책 만언소(萬言疏)를 지어 올렸다. • 7월에 토정(土亭) 이지함(李之涵) 선생이 별세하자 조문하고 겨울에 해주석담(海州石潭)으로 돌아왔다. • 눈 속에 소를 타고 우계 선생을 방문하였다.
1581년(46세)	• 4월에 백성들을 구제하는 방책을 토의하기 위한 회의를 열자고 주청하여 실시하였다. • 6월에 가선대부(嘉善大夫) 사헌부대사헌(司憲府大司憲)과 예문관제학(藝文館提學)으로 특별 승진하였다. • 10월에 자헌대부(資憲大夫) 호조판서(戶曹判書)로 승진하였다.
1582년(47세)	• 1월에 이조판서(吏曹判書)에 임명되어 세 번이나 사양하였으나 임금이 허락하지 않았다. • 7월에 인심도심설(人心道心說)과 김시습전(金時習傳), 학교모범(學校模範)을 지어 올렸다. • 8월에 형조판서(刑曹判書)에 임명되었으며, 9월에 숭정대부(崇政大夫)로 특별 승진하고 의정부 우찬성(議政府右贊成)에 임명되어 또다시 만언소를

	올렸다. • 10월에 명(明)나라 사신 한림원편수(翰林院編修) 황홍헌(黃洪憲)과 공과급사중(工科給事中) 왕경민(王敬民)을 영접하는 원접사(遠接使)의 명령을 받고 중국 사신들을 안내하였다. • 12월에 병조판서(兵曹判書)에 임명되어 서도(西道)의 민폐를 임금에게 아뢰었다.
1583년(48세)	• 2월에 시국에 대한 정책을 써서 올렸으며, 4월에 또 시국 구제에 관한 의견을 써서 올렸는데 그 내용은 불필요한 벼슬을 도태할 것, 고을들을 병합할것, 생산을 장려할 것, 황무지를 개간할 것, 백성들에게 과중한 부담이 되어 있는 공납(貢納)에 대한 법규를 개혁할 것, 성곽을 보수할 것, 군인의 명부를 정확히 할 것, 특히 서자들을 등용하되 곡식을 바치게 하고 또 노비들도 곡식을 가져다 바침에 따라 양민으로 허락해 주자는 것 등이다. 그리고 또 국방을 튼튼히 하기 위하여 10만명의 군사를 양성해 일본 침략에 대비 할 것을 주장하였다. • 6월에 북쪽 오랑캐들이 국경을 침범해 들어온 사실로 삼사(三司)의 탄핵을 입어 인책 사직하고 파주 율곡으로 돌아갔다가 다시 해주 석담으로 갔다. • 9월에 판돈녕부사(判敦寧府事)에 제수되고 또 이조판서에 임명되었다.
	• 1월 16일에 서울 대사동, 지금의 인사동 집에서 49세의 일기로 세상을 떠나셨으며, 3월 20일 경기

1584년(49세) 선조(宣祖) 17년 갑신(甲申)	도 파주 자운산(紫雲山) 기슭 선영(先塋)에 장사지냈다. • 선조 임금은 율곡 선생의 부음을 듣고 애통해 하면서 "백성을 사랑하고 만물을 이롭게 하느라 내 몸을 아끼지 않았고 임금을 사랑하고 나라를 걱정 하는 충성은 귀신도 감동하였네. 어지러운 시국을 경과 함께 구제하려 하였는데 하늘이 나에게 인재를 주시고 어찌 이다지 빨리 빼앗아 가는가!"라고 슬퍼하였으며, 모든 백성들이 친척의 상을 당한 것 처럼 슬퍼하였다. 선생이 서거하자 집에는 남겨놓은 재산이 없어 염습을 모두 친구들이 부조한 것으로 하였다. • 별세한 지 40년 뒤인 인조(仁祖) 2년(1624) 8월에 문성(文成)이라는 시호(諡號)를 내렸다. 지금 강릉 오죽헌 율곡 선생의 영정을 모신 사당도 선생의 시호를 따서 문성사(文成祠)라 하였다.

朕治侶輔（詩·賦·詩）

登毗盧峯

青天頭上帽
碧海掌中杯
長風四面來
崔嵬…
遊楓嶽…
野俚成三千言…
押韻或再…
觀者…
…

余之所見成或理
曳杖崔嵬…
…

斯…
肉骨石物
上下分天地
血氣名之以…
乾坤…天地清淑氣
鍾…名山…
…山頭生…
理…難…成山…
妙…一切…
迹…見…
不見…萬物所…
化工中…
…

女媧…煉石補天缺…
…

欲見眞面目
須登斷髮嶺
…

風嶽行

萬二千峰極目青，青山浮碧落天長，散髮蒼嵐挹翠微。

二千峰何處是，青山出谷何悠悠，流澗就長溪，分兩派，一派流出合危橋，幾股梵宮新起，伐木山更幽，數路何許有菴，在溪東。

千峰初入長安洞，山門側立朱紅扇，轉千萬曲漸奇秀，出入行澗岡，高峰立我前，七寶為其椽。

失洞口有大刹，門愁眼眩兩足困，宿明朝向何路，長安寺在長安洞。

王立門俄藥碑藏銀藏高臺七寶帖松檜參差。

曉入山門對立書晝指獅迎三昧宮。

晴光青山相對立，千撞鐘飛天竺來辨。

洞中出神將像，恐負人入山後，到佛殿幽尋，高峰此山有，尼石磴崎，在檜帖東。

澗水綠入門駭汗，澗名將日當午峰尼山十峰，石路高尋幽草，在手中雲霧尚濛。

草達春藂中古佛房，黃龍尼寺，同泛見房中見。

樓跨雙目庭中條像塵埃暗，金容咽佛殿高塔，各遠自天龍三，後山有海安人。

飛沙呼口頓煙雙目，風鈴聲聲琮琤，自春深不可辨。

行闊海呀暗香隨齊諧，誇誕而其像兩俱同諦。

成地白象袖香何其雄，龍與詩記，乃之逵見入煙霞霧渡濃寂寥成佛。

繞結鷹鷂屍持人事與聞其歲兩渡石瓦活木聲涼涼。

北之斷臨溪渡佐齊譜入房。

栗谷全書

天

滿庭皆怪石奇形與異狀記之終難悉眼看口難言
漏萬纔掛一我愛表訓寺鬱鬱依林麓(在開心南)僧閒晝
殿空日午樓陰直我愛正陽寺俯臨千丈壑(在表訓上)寮
衣步庭除四顧山如積我愛須彌臺疊石成崔嵬(在眞
佛西北)清絶似仙區不必求蓬萊我愛望高臺四面收
黃埃(在長安北表訓南)欲知高幾何笙簫天上來凌雲縱快
活執鎖誠危哉(上望高臺時路窮處則垂鐵鎖攀之以上)我愛十王洞
山勢皆盤回(在長安東北最深邃人所不到處有古塔)古塔不記年兀立
懸崖邊我愛萬瀑洞飛流瀉青汞(在表訓東獅菴之西純是巖石所成)
一巖連數里滑淨難所倚逶迤至洞口滿洞皆流水
坎處陷爲淵下有火龍眠(淵名)傾處激爲湍鳴雷振空

栗谷全書 拾遺卷一 詩 二十五

山平處湛不流如鏡鑒吾顏清風左右至炎熱變爲
寒披襟坐樹下始知身世閒我愛寶德窟銅柱盈千
尺(在洞中飛閣跨空三面依巖一面以銅柱撑之近百尺最爲奇絶)飛閣在虛空天
造非人力未至望如畫既登汗如沐禪僧萬緣虛紙
俗儲松葉若欲棲此地應須學絶粒去矣不可留我
將巡山遊有石類獅子屹立乎峯頭(在獅子菴前)有菴似
築城不知誰所營(在獅子菴側)世無方朔儔怪事問無由
內山留十日遊尋略已周東行到上院路窮層巒遠
(從此向白巔面上院在路邊)寂滅(菴)上開心(菴)橫雲時未捲(二菴最高)
(在寂滅則可見東海)開窗何所見赤海平如練山人指白巔人
閒兜率天(以白巔爲兜率蓋清勝故)諸菴列翠微鐘鼓聲相連有

洞名聲聞水石何紛紜可望不可尋青鶴爲弟昆(寂滅菴下有洞名聲聞俯見巖奇水淸而無路可入如智異山青鶴洞焉)鉢淵對絕壁天工
所磨削一條噴長虹其底澄潭碧山僧無一事轉下
聊爲樂投身急如梭顚倒眩莫測(鉢淵寺在寂滅之東有瀑甚高巖石極滑僧俗來玩者皆解衣上巖隨瀑轉下以爲戲雖顚倒而下終無所傷)回登九井峯柱
樹森可折(在寂滅北甚高峻有柱樹)扶桑手可把夜半看日出欲
見九龍淵僧言路險惡若遇驟雨來死生在頃刻(九龍淵在毗盧峯之東最爲奇麗但路險石滑遇雨則定死無疑故余懼不往)不如上高峯以
躡飛仙蹤斯言定信乎決意登毗盧松根絡石角手
攀足可踏(毗盧峯此山之絕頂)有僧導我前戒我勿俯矚臨危
若俯矚目眩神必惑若欲見山形莫上最高嶽若登

栗谷全書 拾遺 卷一 詩 二十六

最高嶽所見皆怳惚(極高則所見不明)此言爲我師勉旃無
怠忽一經書與宵始及山之腰困臥盤石上廓落迷
俯仰心定始擡首衆峯皆我向高低與遠近一槩皆
剗粉百里不盈尺鉅細皆無隱忽然烝白霧洞洞失
遠覯初依一谷生漸蔽羣山走遂使山蒼蒼飜作海
茫茫浩浩同一氣漠漠難爲量吾聞太極前萬化不
開張山靈意何如示我物之初無風漸飄散半卷還
半舒始露數點秀孤如天上岫濃青畫脩眉浴海褰
鵬噣俄驚疾風起駛若驊騮騄須臾無點滓眼力皆
通透或尖若劍鋒或圓若籩豆或長若走蛇或短若
臥獸或如萬乘尊朝會開天門衣冠儼侍立車馬如

雲起歊歊，或如釋迦佛頂，眾依靈鷲，吾與鬼伯競連頭；
陰霮萬軸，或如吳與孫，擊鼓陳三軍，鐵馬振刀鎗，壯士爭。
或如獅子王，威厭百獸；或如行兩龍，顧眄三。
或若建浮圖，蕭梁九層塔；或如靠巖虎，顧眄當路。
或青如抱華毒；或如摒女深閨守員淑；
或若博兔隨鷹，或若抱兒鹿；
或如疎若相逃遁，密岩若披。
故國相押，簡牘兩陳，立壑不經萬象，各異能貪航忘，移足不可陵辜道栽飲筍。

其高號飛，統身見何物，時有行雲孤，行雲直到無上頂，不及庶蕭剛聊起；
風遊慈林端，拂朗與樓閣，莫能造翱翔，直到上頂，朗詠山腰聊起；
統身縱有雕，川圍四面模糊，不能辨城郭，浩然發長嘯，其聲奈人清道；
根都闕閑，慈吾仙侶聞萬事，一氣大六合，笙簧天宮聞，何方對人，不在仙道；
我足跟，凡足跟都開闊，此山木有景，只有寒梅臺山門四五月始有春。

萬樹森沈晝日昏　天開別界此山尊

春苦石天國若接桃源洞裏煙嵐顏　貌秀方瞳清爲故鄉言似遠行塵不侵人苦石無天柱擎國故鄉言

興冷逕達無數煙翠　巒嶂屛立煙嵐顏貌秀

屑摸達峯巒疊疊秀色方瞳

塵緣碡數水落露危巖寺門凝積萬景垂

萬不擭檜生如有幾列行疊華開戶

文生寒如有時行

蜩蠅蒼苔菁莓波澗濕冬寒水潭別世界

紅絶菁月增映咽激激怒漱似無物異歆非

相形激觀林閒爲別寒水白銀爲

暎影松檜世思歸不見此山有異歆非

大秋闇寒白此遠遊去

入風官銀行嵐遊非毛樹

紅苦高爲看人去如毛

鐘早銀高君胡不見此遊去如白

術落為鳥嵐非凡歎匪獸非

僧葉填積爲桂巍

<small>（중앙 판심）栗谷全書　卷一　詩　二十八</small>

始覺吾有詩　誰能詠李坡
自言誰能賦　洞庭景皆使山無顏色
自從夢中來見我　廬山東坡題洞庭
經我慇懃向我休　廬山無李坡
山靈豈乏人　因人名乃託其迹
分付出洞門　誰能爲其壽　令名垂不滅
何人作山字　令名垂不滅
作天字無逸少　誰能賦詩吟一過矣
宜下物生無　大手筆一吟子過矣
實賞蘭亭成　因朗爲予過
青澤其漢赤壁生　收拾色我知
增僧數手積　汝梳爾有約不可負聊以記終始

참고 도판

강원도 명소구적 (소천인천당)

조선금강산 (덕전사진관)

조선금강산 사진첩 (일치출상행)

두고온 산하 (경인문화사)

조선의 풍경 (외국문종합출판사)

금강산 (호영)

백남식금강산사진영상집 (정문정보주식회사)

구보타 히로지 사진집 (을지서적)

만물상

세존봉

외금강 오봉산

세존봉(世尊峰) 천화대(天華臺)

보덕굴

삼선암

화룡연

귀면암

栗谷先生金剛山詩

丘堂呂元九書

七體:篆·隷·楷·行·草·好太王碑·木簡

篆書

獅頭山題圖十二天絕壁，迴巒舊時蹊徑猶可循上下二見經坐臥踞處，莫非飛石危崖名蘭修爛斑古蹬跡斷，是豈靈臺與靈隱當岩勞跂白殘橋欲即古蹬跡斷，復見桃源別境，乃在微逕曾庵何寄廬行見繁巒太岩雪靜閑得新翠見性，鎮不見獅頭石如佛得名，在蕪覺南堂庵何須尋別山僧坐養真居僧多借樹築南雲，隔雲壤宜居辭走士偶登覽，即再來未必雲多僧少幾回僧名養真慮回僧名山名石洞內山詠，暫外山隔雲壤宜居辭走士偶來時須人僑境乙，樹陰晚涼不定幾一身在巖上一身在水裏爾今不是我，今還是我幾象西東坡頌乃得戲一身在巖上一身在水裏爾今不是我，見佳氣靈幾綵綢舉庵吉祥圓戶情懷無塵華草堂安在此難顏麗嚴霽雲岫嶺當圓通環ⓑ天所成絕乃篆顏貌攢舉玉地子華庵空虛真僧修善鐘是篆顏貌攢盻ⓑ庵空虛真僧修善鐘白雲船也頻道神德林巒五賢庵養真山庵松蘿汽第如星羅或人庵多地頹道相圓通仁圓通環ⓑ天所成倚家高筆步可挑銀河或桃急瀑靜庵嚥⌖或在巖石下徑頭僅止人或隱幽廬新或隱雖織外房未小語山云卷或禅樹末申灘踏陰蹊日光或豫歡崖頭滿座塵

隷 書

混沌未判時，不得分兩儀。陰陽互動靜，孰能執其機。化物為天地，咸成乎。

奇乾坤既開闢，積處自成凶。峰斯中間，萬物形態執其，可名水石，佳名天地，四海咸顛。

地肉白骨，峋峒與墜，吟天比不是，下奴僕，吾鍾清淵氣，一切之名，水石佳名地。

石補其國，鼓茲山隆，吟有慕，況在不累物，吾就之如走，踏靈聖形，皆骨石，所以女媧氏鍊手。

向此盡其力，枕席令朝浩然來，況千里同忍，尺額一從行，水聖不曾關，千山禿，漸造物夢見入。

之天涯忘，几撐延，永詠遠見真面目，可喜何況，遊歷山中，萬峯羅列，目皆更清淨浮，漢嵐。

佳境長風窓，兀行青空遠，聖已可，須登絕尺，初發行二千峯，青慕山邐更無窮，溪。

散兩派深，火退新起梵鐘危檻，居僧酘股，樵林展兩足困，疲就休軍寅，天初入長青。

琳宮庭前，何所有叢石占紅樓，居僧酘，樵林展兩足，困疲就休，軍寅天初，明朝向，側愈眼，令人收。

愕庭金藏，何與有叢梵鐘，居檻茶飲，散般樵木，就更幽，然曳千僧過，關長門洞口，怒眼轉令人收。

萬典金近有藏高高松檜，蒼苟藥居，僧散樵，頻木就休，然曳千，青蓊山邐，更無窮溪。

為其粧念入門，銀帖藏高蒼，苟勺居，頻股般，木困疲，初王立長門，何許路眼，轉沙寶千。

草其粧念，愈近輸，馴汗山寺高神將，相成廕，行飛樓漸跨奇，雲困水，入行明，朝向洞。

繞袖香暗金，輕庭中自高塔神風相，對立飛樓漸，跨奇雪，映入行，明朝高峯，前立何。

可辨事與脊，諧同明家庵在西駕，鐸隨琤青獅飛，與三昧呢口，嘆雙何其，雄踪堂中古佛。

什雲庵兩脊，自春臨溪渡，石矼活水巖，淙淙尋幽，與不軼間與，入笛其烟霞，還窗嵯。

峨佛頂臺孤絕，更無雙，我來看朝曦淼，目紅照，坡水天本無際，火氣驚馮夷。

舉石窟名竺修瀟灑澗之湄靈臺與靈隱舊時路對冢皆生可怡上下二見性臨路危難薹

飛石顛面十二天紳垂田尋蘿臺與靈隱舊時路對冢皆生可恰上下二見性臨兩脚合難薹

自持橋摧徘徊迴普古槎庵路斷攀樹枝危寄傲真見性漱沫灑人衣忘遲冒雨尋香蓺勒山峰人

人關徹屍天陰普賢庵氣滿仰見幽洞德危霆寄傲真半日性詠笛禪仍笛忘機更見尋香爐勒山

靜關如柴蔬療蒼窟與嬰得許山僧尔在不蕭院傲真見半日性詠女楄學有樓妥更見尋彌山

麥香蔬療蒼窟起還堂萬景許臺四方皆洞洞視北巖草庵不養真好清池晚風吹與人寰外白

菴香朝宜隨居避世士山歲萬急須入儌境歌鹿田病言行解真山好外清晚風吹與僚外聊相

猿吟壤如此況波避世山歲急須溪通路約歌鹿側中田病言內真好外幽難久形影吹不定相

陰霄朝隨居蒼窟起還堂萬急須溪通路約歌鹿側不可行解衣弄清沚形影聊相

山已如此知名自呼三兩巖小溪通路約歌鹿側中不可行解衣弄清晚風吹與僚外聊相定外

山禽不知名自呼三兩巖小溪通路約歌鹿側田不可行解衣弄清晚風吹與人寰外

魁此一身左巖上一身到地靈後無裏令禪妙吉祥下戶清無塵散為百東坡須冰復

在嚴中佛地到地後令禪妙庵妙田天汙所成絕勝為百東坡須前

人難好顏為變雜吁峰崎嶇嶺當載試空虛面小庵環紆子感膝無塵賓萬樹衛金殿地秘

是摩訶詢行萎詠詳不可得千仁圓試言其真略庸田天所戶絕塵為萬有文須祇復

心多少難憂哭眾德與能仁試言其真略庸田天所成奈見佳山中所秘歷蕙

庵舟船庵與迎葉妙林嚴與五賢安與佛修善帖與奇松蘿開次竿與如星羅天歷蕙蒽

白多富楨庵道可神銀利嚴急泛瀑靜中喧駝青蓮菩與嵒石下岸頭如僅山

與安心楨難與神銀河或枕占大巖上綴路嵒迹或在與松石下次革頭與天涼羅入或

倚寡富心為迎葉林嚴枕急泛瀑靜中路迹在松蘿開次革頭如星羅天津或

對紫翠峯手暮攜來挑或占大嚴上綴路纏窨迹或隱嚴幽邃崖頭永與僅塵勞

或對冢高峯暮色捫來挑瞿或秋大樹木中濃陰遮日色或隱壕斷崖頭瀟庭皆

隔雖無外客來小語山巳苔或秋樹木中濃陰遮日色或壕斷崖頭瀟庭皆勞

怪石奇兆與異狀記日之終難志眼看口難言漏萬繞掛一盤我愛衣步庭除寺矕四

依林麓積僧開畫殿空日午樓陰直我愛絕正陽寺俯臨千丈盤蓬萊扶我愛表訓寺

顧山如黃盤埃田詠古高塔不記年九立題上來淺侶縱快活不執鎖誠危扶我愛戒臺十二嚴連愛

四面收皆雷振所倚遠迤至洞口滿洞皆深水我愛慶萬快活洞飛流鴻青青乘眠傾意巖連愛

洞山勢淨難知身世開平處洞不流如鏡鑑盈千尺陷左右至下炎龍變愛一巖寒抵愛

數為端鳴始既洞空山平愛普速緣壺紙俯儲松葉若在庵侶藝造北為寒抵愛

激坐望如畫知坐山逍遙有石類獅子十日遊略峯已周東行到上院路旁

未至吳不可留我將巡間無由內山留十日遊尋峯已周有樓侶藝地應須學絕

襟古呆不可留詩怪事間遊山逍遙有石類獅子屹立尋峯略峯頭有詠至空天遠北為

層兜巒率遠寰諸民樂投身急如龍信乎僧言使惠靈遇驟雨來石主在頂最可踏有

間鶴為弟昆諸庵列對翠壁絕鐘鼓毆相捧開總洞何所見赤海平如練山人指白顛人

青兜巒率天滅身投洞心橫徐時未相連一洞聲聞水石何紛紅可塑僧顛不可尋

可抱下半看日出仙蹤詠見定信乎僧倒眩路險洞名噴長虹異度如練山塑不可尋

上高峯前蹲我多俯瞩臨危言俯瞩使陰惠松遇井峯石樹森主扶剝菜無如有

僧藻教前岸我見皆迷俯仰心定始俯瞩神火靈惑若根絡死手在頂可最高嶽有

若笠困卧盤石上廓落細皆無隱定為始攀首衆峯皆我急向高促依一筆生漸囊皆

腰粉百里不盈尺鉅細皆無隱急定然煙白霧須洞峯洞皆我急向高促依一筆生漸囊皆

削削困卧盤石上廓落細皆無隱定為燕同一氣漠難為量吾聞太極前萬

羣山走遂使山蒼竊躑作海茫急浩燕同一氣漠難觀初依一首太極前萬

化不開張山靈意何如示我物之初無風漸飄散半卷還半舒忽露數點秀

孤如天上岫濃青畫若倩眉鋒浴海圓塞鶿喝餓或驚疾走起駛或若短若驪騮駸須臾無萬點君

渾眼方乘尊會開通透或衣冠或如吳行與孫車馬圓若邅豆餓或長如擇迦佛領袞壯士依卧戲驚竇君或

與若獅子文書積鄴儔倖或如抱蕑犢或若踈或如賁育龍圖蕭梁陰雨鐵或如馬振薨刀鎗顧爭當路故蹲或

國或謝或如捐讓儒背三萬羣或軸或妻或若建若圖相避三九層若塔迦令盛闥守故

貞兩脒或若搏兔鷹或頭如抱或蔗續或踈或如賁貢育驚夥或峙若呫立勃或如宏塚女梁閭僧妹或

廱然自屈或散而不合或連抱而不絕萬象各異態貪戲忘移足不可發半道或

我詠莫能追我能身是何時貢行雲出遊孤遊林端拂朝日蕭肅蟻螻捿

鷇蟄山靜山川發四面朗詠聊孤遊可菲林者類朝工埚石碨風彌飛鵞與有蟻捿

動蟄目追起翔直到無上頂時面糊塗翻不可都得皇視月不俯聽與

離婁不遠奈大道淺然園四發長嘯官入府清未塗得足陰突於凡間

宮霎不事一六合吾尤僧脫手毯大海時皆油山外人水不炎氣春

心電覽萬便知足氣道根言門四月懷侶定方驗坻小頭礎夜月飛鵞

笛一浮芬豈吐藥只寒梅僧緣五月四人何如石者頭風孤遊蟻捿

猶相盛大入紅鑴衲猶苦侵月人始皆如方外視皇應不俯與蟻

紅相映大地岂吐藥有寒梅增冷撲緣四月人何如有山水不文陰氣早

菜填石迥峯寒生素月苦松林間楓樹紅碧紛無穀水落露危巖落

激波巖怒冬寒水官驕積霄高天柱煙生知有寺門磴難開戶辟如別世

象白銀為國土　翠檜列雙行　鬚髮垂滄浪　君胡不見此山有
羽人馭風凌空行　顏秀方瞳清　君胡不見此山有儼
不援言顏秀方瞳清　君胡不見大木翠掛百尺足
形大如山愁眸避　左如畏此山有僊鶴大如輪諒非凡獸匹
君胡不見舞雌雄　雙影峯前落　高人尚不親況求對
免俗我聞此僧言　將還更田躊　遂作佛書中不見朝鮮國又云在海中不
與此山同　我疑實所合成　中有尚書僊曹國又云在海中不
奧怳恾我疑龍伯豪　一釣斧連六鰲三山遂失所泛海驚僊曹漂流到我疆
石高積嶄青冥虛　竟誰分何人作山紅自從作天遊始覺吾生浮
作此羣山王　又疑西河呆荷樹旁研桂落作天遊始覺吾生浮
無孝白誰能詠其瀑　蘭亭享無逸少山風景皆收價拾我無錦繡腸安能追
因大手揮巨杠　惟一拙吐出人不喜子過菱子言談我知不能辭遂許撰荒部形開如酒醒所聽
請君揮巨杠　令名垂不滅　君言子誰言談子誰言吟詩友作赤壁賦
出洞山靈向我愁　夢中來見我自言有所求物生天宇間因人名乃休廬山
無孝白誰能詠其瀑布蘭亭享無逸少山風景皆收價拾我無錦繡腸安能追
子瀟腔惟一拙吐出人不喜子過菱子言談我知不能辭遂許撰荒部形開如酒醒所聽
凝視咄咄有約不可負驪以記終始

右栗谷先生遊金剛山詩也　此山有蓬萊楓岳異稱而

為天下名山華人嘗稱之曰願生高麗國一見金剛山其奇絕可想見也　先生年十九親歷勝景皆於詩

皆慌爾有約不可負驪以記終始

此書之心寫其懷于誠焉　甲申大暑於養素軒　後學咸陽呂元九敬書

楷書

混沌未判時不得分兩儀陰陽互動靜孰能孰其撲化物不見迹妙理奇乎
奇乾坤玩開上下分於斯中間萬物形一切難可名水為天地亙土成天
地內白骨所積纍自成山峙崢持鍾清淅氣名之以皆骨骨佳名播四海咸頷
生吾國崆峒與不周比此皆奴僕吾聞於志怪天形皆是石所以女媧氏鍊
石補其缺茲山墜於天不是下界物就之如踏雪望之如森玉方知造物手
向此盡其力聞名尚有慕況在不遠域余生愛山水不曾閒我足夙管夢見
之天涯移枕席今朝浩然來千里同頭登斷髮額一萬二千峯極目皆清淨浮嵐
佳境渾志行逐流脚踏僧過盡山秃漸二入
散長風突兀撐青空遠望己可喜何況遊山中欣然曳青蔾山路更無窮溪
分兩派流出谷何悠悠危橋幾酸股苦石類虬虯家初入長安洞口雲乍收
琳宮值火後新起梵鐘樓居僧散樵徑伐木山更幽天王立門側怒眼令人
愕庭前何所有毈紅苟藥禪林展兩足困疲留一宿明朝向何許路轉千
為其粧忽近偷岵寺高占蒼崖旁所見漸奇秀出入行澗岡高峯立我前七寶
草逢春綠入門駿汗出神將相對立青獅與白象呀口瞋雙目撞鍾千拍迎
繞神香烟輕筵中徬高塔風鐸戞琮琤飛三昧宮結構何其雄堂中古佛
像塵埃暗金容遠自天竺來駕海隨黃龍厓巖憩庬一一留其蹤真贋不
可辨事與齊諧同明家在西興聖庵在東尋幽不輙間興入煙霞濃寄寮
斗雲菴雲碓水白石矼活水聲淙淙成佛倚高峯滇在東窗嵯
羲佛頂臺孤絕更無雙我來香朝曦滿日紅雲披水天雨每際火氣鷺馮夷

16

舉頭白額面十二天紳垂回尋舊時路到豪皆可怡上下二見性臨路危覺

飛石窟名笠修瀟灑澗之湄靈臺與靈隱雲霧生階墀崎嶇勞涉險兩腳難

自持橋權卧古棧路斷攀樹枝流端亂我耳瀺灂人衣幽深九淵洞草合

人迹微徙徊昔賢庵俯見峯巒危寄傲真見性欲去仍留遲遲冒雨入香爐峯人

愛山如渴飢幾許此洞深萬景臺四方皆真洞視有窟名養真洗耳暮共白

著香蔬療蒼鶴起朝隨登罷萬景臺四方皆真洞視有窟名養真過清難久止人寰

靜開柴扉學忘機尋我蔫山同罷罷內院半日留禪榻學忘機更尋我止人

人迹微徙徊昔賢庵俯見峯巒危寄傲真見性欲去仍留遲遲冒雨入香爐峯人

隔宵壤宜居避世士他昔期再來出洞頭屢回僧言內山好外山同興傴外人衆

山已如此況彼內山我急須入仙境以滌塵中病行解衣弄清泚形影聊相

山禽不知名自呼三兩聲小溪通署行歌側不可行

戲一身在巖上一今還是爾散爲百東坡項刻渡

在此好在水中人到處無緇磷菴妙吉祥面戶清氣塵其旁有文殊地祕

人難臻登二到佛地鑿經山嶙峋小菴在巖下釾彌爲劉賓萬樹衛金殿名

是摩訶衍雄峯峙其後峻嶺當其面環回天所成絕勝前所見佳氣鬱蔥二

心驚頷爲變吁嗟吁詳不可得我試言其略妙峯与獅子近在摩訶衍側萬田與麼麼

庵多少難爲料欲詳不可得我試言其略妙峯与獅子近在摩訶衍側萬田與麼麼

白雲舩菴与迦葉妙德与能仁圓通與真佛修善與奇二開心與天德天津或

與安心頓道與神林利巖与五賢安養与青蓮雲岾与松蘿次第如星羅或

倚欹高峯手可捫銀河或枕急流瀑静中喧聒二或在巖石下位頭僅出入

或對紫翠峯暮色來排闥或占大巖上綫路縈容迹或隱幽邃豪永與塵勞

隔雜無外客來小語山己峇或祕樹木中濃陰遮日色或據斷崖頭滿逕皆

怪石奇形與異狀　記之終難悉眼看　口難言漏萬繞掛一　我愛表訓寺巘嶻

依林麓僧閑畫殿空　日午樓陰亘　我愛正陽寺俯臨千丈壑　襄衣少庭除四

顧山如積　我愛須彌臺疊石成崔嵬清絕似儔區　不必求蓬萊　我愛望高臺

四面收黃埃　欲知高篾何笙簫　天上來淩雲縱活執銷危我　我愛十王

數里滑淨難所倚　遙迤至洞口滿洞皆流水坎窰陷為火龍眠傾廢

激為端鳴雷振空山不處　湛然如鏡鑒吾頷清風左右至炎熱變為寒披

襟坐樹下始眈登開　我愛菩德緣虛銅柱儲松葉若欲棲此地應須學絕

未至望如畫　禪僧萬緣紙佈千尺飛閣在虛空天造非人力

粒去矣不可留　我將巡山遊有石類獅子屹立乎峯頭有庵似築城不知誰

所營世每方朔傳怪事問盍由內山留十日遊尋暑已周東行到上院路旁

層密遠嵍嵸上開心撗雲時未捲開窗何所見赤海平如練山人指白巔人

間兜率天諸庵列翠微鐘鼓聲相連有洞名巖聞水石何紛紜可望不可尋

青鶴為弟昆鉢盂對絕壁天工所磨削一條噴長虹其底澄潭碧山僧無一

事轉下聊為樂投身急如梭顄倒莫測回登九井峯挂樹森可折扶桑手

上高峰以躡飛仙蹤斯言定信乎決意登毗盧根絡石角手攀足可踏有

僧導我前戒我勿俯矚危若俯矚我為我師勉斯一經晝與宵上軍高嶽

若登景所見皆悅惚此言為我向高侶興速近一谷生漸嵏皆

腰困卧盤石上郭落迷俯佈心定始攫首眾峯皆我見山形莫上軍高嶽之

削粉百里不盈尺鉅細皆無隱忽然蒸白霧頃洞失遠觀初依一谷生漸嵏皆

群山走邃使山蒼蒼瓏瓏作海茫茫浩浩同一氣漠漠難為量吾聞太極前萬

化不開張山靈意何如示我物之初每風漸飄散半卷還半舒始露數點秀

孤如天上岫濃青畫偹眉沿海襄鵬嚼俄鷺疾風起若驊騮須臾無點

滓眼力皆通透或尖若劍鋒或圓若邃豆或長若卧地或如萬

乘尊朝會開天門衣冠儼侍立車馬如雲屯或如釋迦領衆依靈鷲窅君或

與鬼伯覓頭戴二或如吳與孫聲鼓陳三軍鐵馬振刀鎗壯士爭追奔或

如獅子王威靡羣或如行兩龍奮鬒噴陰雲或如蜚育深閭守故

或若文書積鄴侯三萬軸或若建浮圖蕭梁九層塔或若墨二塚令威尋故

國或向如捐讓或背如踈若相避或狎或如窈窕女坐禪僧藜淋或

貞淵或如讀書儒佐倀披簡牘或如賁育徒貫勇呵勃致如坐禪僧藜淋或

穿兩膝或若搏兔鷹或若抱兒麂或若翔鴛鳶或峙若立鵠或僵然肆志或

龐然自屈或散而不合或連而不絕萬象各異態貪翫忘移足不可廢半道

我欲窮其高繞身是何物時有行雲孤行雲不及豪蕭二剛風驅飛鳶輿捷

鵾莫能追我翶直到每上頂朝詠聊遊遨林端拂朝日石頭礙夜月俯聽蟻

動敲山腰起霹靂山川圍四面糢糊不可辨大者頻丘垤小者視不見綵有

離要日安能耕城郭浩然發長嘯入清都闕僑侶定駭愕玉皇應詰天

宮縱不遠其奈道根淺吾聞上界僊官府未浮閟何如方外人不在僊凡間

心虛萬事一氣大六合窀崑崙脫手毬大海塗之油胷中有山水不必於此

笛一覽便知足造物不我尤僧言此山景四時皆清勝炎涼異世間陰氣春

猶有寒梅塋山門四五月始有尋春興層崖千萬丈蹄蹋

紅相映浮花豈吐藥只有蒼蠅絕形影秋風來苦旱落

葉填萬石連峯密瘦生稜素月增耿二松林間楓樹紅碧紛㠂數水落露危巖

紅盛浮花大地入紅鑪衲僧猶苦冷撲緣不侵人

激二波巖怒冬寒水官驕積雪高天柱煙生知有寺門礙難開戶闢如別世

曇白銀為國土翠檜列甕行顧髮垂滄浪君胡不見此及思歸故鄉此山有

羽人駁風淩空行綠鬖飄苦煙嫩寶藏其形千年食松脂蟬蛻得長生見人

不言頷秀方瞳清君胡不見此似無物外情此山有異獸非羆非豺非狼雄

形大如山怒眸若鏡光有時磨大木翠毛掛百尺足跡廣如輪蹄匹獸区

君胡不見此避去如畏怯此山有僑鶴大如垂天雲上暮還棲翠

辟有時舞雌雄雙影翱翔白雲諒諒非凡

免俗我聞此僧言將遞更回躅遂作半嵒留所聞非虛說僧言此山名金剛

興怛怛衆寶竟所合成中有曇無竭我言佛書中不見朝鮮國又云在海中不

与此山同我髮龍伯豪一釣連六鱉三山遂失所泛海鱉仙曹漂流到我疆

石高磺峨青冥虛實竟誰分何人作山經白從作天遊始覺吾生浮下山將

作此群山王又疑西河吳荷斧斫桂旁斫桂落此地萬古每時傳玉韓化為

出洞山靈向我愁夢中來見我自言有所求物生天宇間因人名乃休廬山

每李白誰能詠其瀑蘭亭無逸少誰能壽其跡東坡題洞庭東坡賦赤壁咸

因大手筆今名垂不滅君今遊我山風景皆拾胡為不吟反作緘口默

請君揮巨杠庶使山增色我言子過美子言非我無錦繡腸安能追數

子滿腔惟一拙吐出人不喜子欲得瓊琚往求无價手山靈色不悅倒立久

凝視吐二指我言惡賓每汝似我知不能辭撰荒鄙形開如酒醒所聽

皆慌尔有約不可負聊以記終始

古栗谷先生遊金剛山詩也此山有蓬萊楓嶽異
稱而為天下名山華人嘗稱之曰願生高麗國一見金剛山其奇絕可想見也先生年十九親歷勝
景皆於詩裝之凡六百句也今書之以寫羨墻之誠寫　甲申仲夏於養素軒　後學呂元九敬書

20

行書

混沌未判時不浮分兩儀陰陽五動靜就能执其機化物不見远妙理奇乎
乾坤既開關上下分於斯中間萬物形一切雖可名水為地
地肉白骨所積豪自峨山峰峰特鍾清淑氣名之以嶐骨佳名播四海咸顧天
補其缺若此山隆於天不是下易物就之如蹈雪望之如煽民錬石向
此畫其力聞名尚有慕沈在不遠域余生愛山水不曾開我呈夙昔夢見
之天涯移枕席今朝造然来千里同恐尺初洺行脚僧過盡千山毛漸入
佳境渾志行運永祚见真面目頂登斷髮嶺一萬二千峰椒目皆清淨嵐
散長風突兀撐青空遠望已可喜何沉遊山申欧笑曳青薇山路更無家家溪
分兩派流出谷何悠一危橋來駿股苔石頹就休家初入長安問口雲下收
琳宮值火後新起梵鐘樓僧散樵徑戊木山更幽天王立門側怒眼令人
悸庭前何所有數蕨紅苟藥禪林展雨互困疲當一宿明朝向何許路轉
千萬曲金藏與銀藏高占蒼崖亭所見漸奇行澗窈窕高峰立我前七
寶為其粧成佛松檜鬱成行飛樓跨澗水暎奪青山光門前平地闊沙
莘逢春徑入門駛汗出神將相對立青獅與白象呼口睜雙目撞鐘千指迎
繞袖香煙桎疘中彈高塔風鐸聲琮琤翠飛三昧宮結樑何其推堂中有佛
像塵埃暖濛濛同明聖庵黃龍尾巖與巘石一留其感真窅不可
辦事與齋潜同寧庵在西興聖庵在東尋幽不指間與入煙霞濃窅窠
斗雲庵雄水自喬陵溪渡石矼活水聲深一成佛倚喬峯滄溟在東窓嵫
峨佛頂臺孤絕处毎雙我来看朝曦滿目紅雲披水天兩無際火氣騖馮夷

舉頭白顏面十二天神無圓尋舊時路到家皆可怡上下二見性路路危甍飛

石巖名絲修瀟灑澗之湄靈臺與靈隱雲霧生階墀塲嵫苺涉陰兩胁雖

自持橋推以古槎路斷攀樹枝流湍亂我耳濺沫灑灑人衣幽深九澗洞草合

人逐微似細善賢庵師見峯密毛寄傲其是性欲去仍留蓬冒雨入香爐人

愛山如渴飯峯頭石如佛浮名良在茲蕭條本草庵居僧有儔姿見我藐山

蓍香藥療我饑此澗深幾許山僧尔不知是邶聲不玉何須芳洗耳暮其白

猿吟胡隨蒼鶴起還登蔦景臺四方岦洞視有巖名養真過逍遙久止人寰

隔霄壤置居避世士他時期再来出洞頭屬四僧言内山好外山同與儔外山

已如此況彼此心栽急須入仙境心漾塵中病行樹陰中晚風吹不定山

禽不知名自呼三兩聲小溪通略約斜側不可行解衣尋洪形影耿相

戯一身在巖上一身在水裏尔今不是我還是爾散為百東坡頃刻渡

在此好在水中人到愛無礙磷禪庵妙吉祥面户清无塵其旁有文殊地

縱人雖臻登二到佛地象徑山嶸峋小庵在巖下厭彌為罽萬樹衛金殿

名是摩訶行堆峯峙其後峻嶺峇其面環回天所成絕勝前所見佳氣鬱慧

庵多少難為料欲詳不可浮我試言其略妙峯與獅子近在摩訶側萬回與自

雲船庵興迦葉妙德與能仁圓通與真佛修善興寺關心與天德天津與安

心頓道与神林利巖興五賢安養興青蓮雪岵與松蘿次第如星羅或

倚最高峯手可捫銀河或枕急流瀑静中喧聒或在巖石下佪頭僅出入

或對紫翠峯暮毛来挑闥炎昌大巖上淺路繞客逅或隱幽遽愛永興塵

芳備雖無外家来小語山已苔或祕樹木中濃陰遂日毛或橫斷崖頭瀟庵啓

怪石奇形與異狀記之綵難忠眼看口難言漏萬繞掛一我愛表別寺攀
依林藦曆僧開畫殿空日午樓陰直我愛正陽寺俯臨千丈發寨衣步蓬除四
顧山如猶我愛頂弥臺墨石成雀寬清絕似仙區不必求蓮業我愛望高臺
四面收黃埃欲知高輿何坐簫天上來凌雲紇快活執臨詭危我我愛十三
洞山勢盤回古塔不記年兀立懸崖邊我愛萬瀑洞飛流漓為寒披
激為端鳴宙振空山不愛湛不流如鏡鑒吾頒清風左右炎熱變為寒披
襟坐掛下始知身世閒我愛著迷窟銅柱盈千尺飛閒在虛空天造非人力
未至堅如盡睨登汗如沐禪僧漾靈紙幣儲松葉芳硪檐此地應頂覽絕
粒去矣不可當我將巡山遊有石類獅子屹立乎峯頭有庵似築域不知誰
所營在無方期儔怪事閒無由肉山峭十日遊尋眺已周東行到上院路旁
屢寄遠新滅上開心橫雲時未搖聞窒何可見未海乎如陳山人指白巔人間
兒宰天諸庵列翠滋鼓聲相連有洞名聲聞水石何你紹可望不可尋
青鶴為弟昆餘潤對絕塵天工所磨刹一條噴長虹其庪澄潭碧山僧每一
事樽下聊為樂投身急如棱額倒眩莫測回登九井峯桂樹森可折扶桑手
可把夜半看日出如棱額倒眩陰惡若遇而來死生在頂別不如
上高峯心蹦飛仙跡斯言定信乎決意登崑盧松根路石角多攀是可踏有
僧導我前或我勿俯瞰险危若俯眄目眩神惑芳欲見山形莫上寳髙巇
芳登寔高巘可見皆恍惚仰必空始樓首眾峯皆我白蕩頃洞失遠觀初依
腰困阶盤石上廊莪迷徆仰心空始樓首眾峯皆一經畫與宵始及山之
剗粉百里不盈尺寇細皆無隱忽然蒸白霧顷洞失遠觀初依一若坐漸巇
摩山走遂後山蒼蒼戲作海茫茫浩浩同一氣洋洋難為壹吾聞朱極前萬

24

化不開張山靈意何如示我物之初无風漸飄散半卷還半舒始露鬟鬟點秀

孤如天上岫濃青畫偽眉治海塞鵬係鶩疾風起駛驢須臾无點

渾眼力皆通遙或尖若劍鋒或圓若邀至或長若走蛇或短若如萬

乘尊朝會開天門衣冠儼侍立車馬如雲屯或如揮迤佛領衆依靈竇竇君

與鬼伯競進頭戴或如吳與孫拏鼓陳三軍鐵馬振刀鎗壯士爭追奢尋故

或荼文書積鄴集三萬軸或蒼善建浮圖蕭梁九層塔或蘑蒷蒷岌岌塚令岌尋或

國或向如揖讓或背如抱妻或陳若相避或蜜若窈窕如深閨守

貞淋或如讀書儒佇頭披簡牘或如育贄徒賈勇氣咆勃或如坐禪僧蓼狀

穿雨膝或如搏兔鷹或若抱兒康或若翔鴛鴦或峙若立鶴或倔坐肆志或

龐然自屈去散而不合或連而不絕萬象各異態貪覩忘移足不可廢半道

我欲家其高繞身是何物時有行雲孤行雲不及爰蕭、劌風靜飛鷹與捷

鶻莫能追我翱直到毎上頂朝訝聊遊邀林端拂朝日石頭礙夜月俯聽蟻

動聲山腰起霧靄山川圍四面糢糊不可辨大者額丘垤小者視不見從有

雜翠日窈能辨城郭枯兹戔長嘯聲入清都關仙侶定駭愕玉皇應駭詰

天宮絕不遠其柔道根淺吾聞上易仙官府东浮閉何如方外人不在仙几間心

虛萬事一氣大六合穹崘脫乎越大海淎是油嘗中有山水不示於此留

一覽便知足造物不我尤僧云此山景四時皆清勝芙涼異世間陰氣春

猶威浮花堂吐藥口有寒梅瑩山門四五月始有尋春興層崖千萬丈蹐躇

紅相暎大地入紅鑪衲僧猶砦冷搽緣不侵人蒼繩硶形影耿耿風来若早喬

藥填石迸宇宙瘦生後素月增耿、松林間楓樹红碧分金散水苓露兔巖

激、沒聲怒冬寒水官騰積雪高天在烟生知有寺門礙難開戶壁如別世

男白銀為國土翠檜列岐嶷善滄浪君胡不見此反思歸故鄉此山有

羽人馭風淩空行綠髮飄岩巉巖寶藏其形千年食松脂鐔蛻浮長生見人

不搖言頭秀方瞳清君胡不見此似無物外情此山有異獸如輪諒非尾猶雄

形大如山怒眸若鏡光有時磨大木翠毛掛百丈芝跡廣如輪諒非尾猶雄

君胡不見此山有仙鶴大如矛天翼翔白雲上暮還樓翠

壁有時舞蟠雙影舞前遂萬人尚不親況求對此臆君胡不見此寶金劉

免俗我聞此僧言將還更四躕遂作半歲留所聞非塵說僧言此山名金劉

與恒怛象寶所合成中有蜃無瑯我言佛書中不見鈿鮮國又云在海中不

与此山同我疑龍伯豪一釣連六鰲三山遂失沚海鵞仙曹漂洵到我塵

作此犨山王又疑西河美荷杸所此地萬古無時停玉斧化為

石高積崚青宾靨寶竟誰分何人作山徑自後作天遊始覺吾生浮下山將

出洞山靈向我然夢中來見我自言有所求物生天宇間母人名乃休盧山

无季白誰能詠其濫蘭亭今逸少誰能壽其跡子美頤澗遊東坡賦赤壁咸

請君撢巨杜麻使山增色我言子過吳子言非我擬我言無錦繡安能逗鈞

子滿腔惟一拙吐出人不喜子欲浮瑯琚往求山靈色不悅側立久凝

視咄指我言惡賓無沚似我知不能辭遂許撰若鄰形開如酒醒所聽

皆慷东有舫以記浮始

右栗谷先生遊金剛山詩也以此山有蓬萊楓嶽

異獨而為天下名山華人聲稱之曰願生高麗國一見金剛山其奇絕可想見也 先生年十九親歷

勝景皆於詩歌之見六百篇也予書之心寫美備之誠焉

甲申夏五 後學呂元九敬書

草書

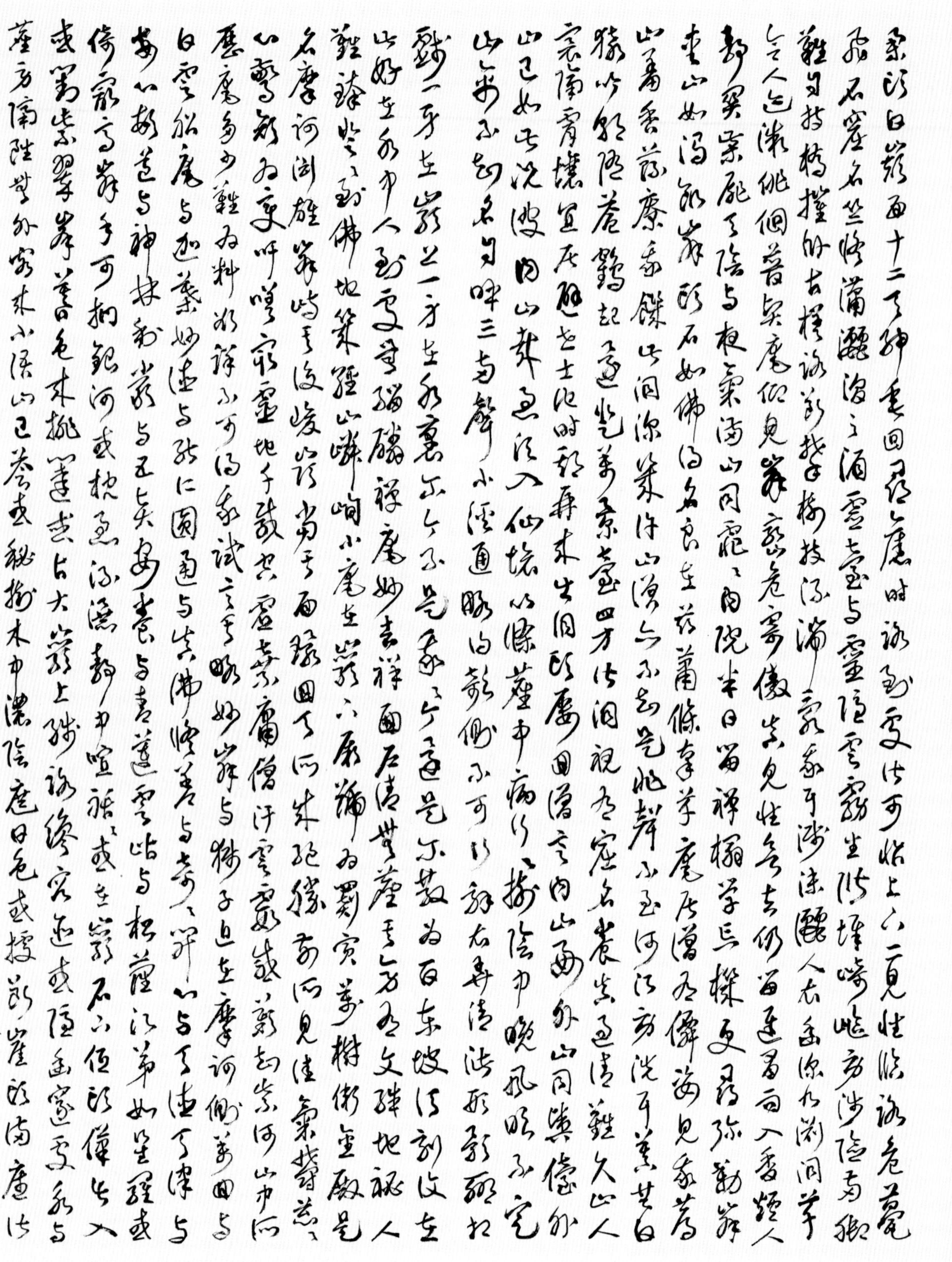

好太王碑體

混沌未判時，不得分兩儀。
陰陽互動靜，孰能執其機。
化物衣見迹，妙理奇乎天。

奇哉此乾坤，闢上下分於斯。
中間萬物形，氣一切難可名。
皆骨石為天地土，咸顛。

地閡白堊峒，寥自成山岭。
峰嵯峠特鍾清淑，一切名，
皆骨石播四海，咸顛。

生吾盡其鼓力，茲山墜於聞名。
尚有慕然來，況在不是下眾物。
就聞之如森玉，方鳳知造物，昔夢見手。

石補其國堂，峒山墜於聞名。
尚有慕然來，千里同恐斷尺頗。
初從行山腳，僧個盡千山秀，漸夢見。

向此天涯，怎麼行逢永詠歌。
洁然來面目，須堂斷遊山中。
欣然二千峰，羣山路更無窮。

已天渾怎兀，撐青空遠見真面目。
可喜何況遊山中，欣然二千峰青。
羣山路更無窮溪。

散長風窅窱，撐青空遠見真面目。
可喜何況遊山路更無窮，溪嵐人。

佳境渾忘返...

分而派流出谷，何悠悠危橋，
嬰酸樵股，頻就休冥，
宿初入長安，立門洞口，
雲仝令人收。

愕庭宮前值火，後有新起，
甃楚紅樓，居僧休，
展兩三木山，更幽初入，
朝向門側忽，雲仝千。

琳庭宮金藏，近榆岫，
高叢占蒼苔，藥居禪，
散殼股酸，橋僧休展，
兩三木山就休，冥宿明，
朝向門側忽，雲仝千。

萬其粧綠急，近入門中，
自出神塔，來駕海隨，
黃龍尼尋幽，與憩房，
結構何其雄躋，堂奠寮。

草逢春綠，暗煙輕庭，
中徑高塔，神將相對，
立樓跨澗水，映宮口，
瞳雙門撞堂，中古柏迎。

為其粧綠急，近榆岫，
高松檜馨，將成行飛，
樓跨澗水映，宮口瞳，
雙何其雄躍，堂奠寮寮。

統袖香暗，金容遠，
自天竺，來駕海隨，
黃龍尼尋，與憩房，
結構何其雄躋，堂奠寮寮。

可辨事與齊諧，同明窞，
庵雲碓水，自春臨溪，
渡石矼活水，聲潺潺，
在東尋，成佛倚高關，
興入烟霞還，在東窗嵫。

升雲庵雲碓，水自春臨，
溪渡石矼，活水聲潺，
倚高峰滄溟，在東驚馮夷。

峨佛頂臺，孤絕更無雙，
栽來看，朝曦滿目紅雲，
抆水天兩無際，火氣驚馮夷。

舉頭白顛面十二天紳垂回尋舊時路到處皆可怡上下二見性臨路危覺
飛石窟名竺修瀟灑澗之湄靈臺與靈隱雲霧生階墀崎嶇勞涉險兩脚難
自持橋權卧古槎路斷攀樹枝流滯亂我耳濺沫灑人衣幽深九淵洞草合
人迹微徘徊昔賢庵仰見峯巒危寄傲真見性欲去仍留遲冒雨入香爐人
靜關柴扉天陰與夜氣滿山同雲霏內院半日留禪榻學忘機更尋彌勒峯
變山如渴飢峯頭石如佛得名良在茲蕭條南草庵居僧有仙姿見俄蔓山
着香蔬療我饑此洞深幾許山僧亦不知是非聲不至何須勞洗耳暮共白
猿吟朝隨蒼雀起遠登萬景臺四方皆洞視有窟名養真過清難久止人寰
隔霄壤宜居避世士他時期再來出洞頭屢回僧言內山好外山同輿僮外
山已如此況從內山我急須入佛境以滌塵中病行行樹陰中晚風吹不定
山禽不知名自呼三兩聲小溪通略彴欲側不可行解衣弄清池形影聊相
跡一身在巖上一身在水裏爾今不是我我今還是爾散為百東坡頃刻復
在此好在水中人到處無緇緇禪庵妙吉祥面戶清無塵其旁有文殊地秘
人難臻登々到佛地幾經山嶙峋小庵在巖下廊號為甄賓萬樹衛金殿名
是摩訶衍雄峯峙其後峨額當其面瓌回天所成絕勝前所見佳氣鬱葱葱
心驚顏為變吁嗟最靈地千載空壺弃肅僧汙雲霞感歎知奈何山中所歷
庵多少難為辨欲詳不可得我試言其略妙峯與獅子近在摩訶側萬回與
白雲船庵與迦葉妙德與能仁圓通與真佛修善與奇奇用心與天德天津
與安心頓道與神林刹巖與五賢安養與青蓮雲岾與松蘿次第如星羅或
倚最高峯手可捫銀河或枕急流瀑靜中喧聒々或在巖石下俚頭僅出入
或對紫翠峯暮色來排闥或占大巖上綫路纔容迹或隱幽邃處飛與塵勞
隔雖無外客來小語山已答或秘樹木中濃陰遮日色或棲斷崖頭滿庭皆

怪石奇形与異状，記之絡難悉。眼看口難言，徧萬綫掛一，栽愛表訓寺贅。

依林麓，僧開畫殿空。日午樓陰章，栽愛正陽，寺俯臨，必求蓬萊衣，步庭除四。

顧山如積，栽要須盤回古塔，不記年，兀立懸皆流。

四面收黄埃，欲知高奠何莖，蕭成天上來，淩雲縱俠快活。

鑿為澗淨，雷振下始知身世，開我愛昔德窟，萬洞銅柱盈千尺，吾顏清葉閤，在若至炎造北人。

洞里灣淨難，陟倚蓋也至洞口滿，流如鏡鑑水坎，窈窕陷左為澗飛流瀉。

激為澗鳴雷，振下始知身世，開我愛禪僧德窟，紙儲乎松葉頭，若詠在盞空天造。

襟坐樹，皆難陟，倚盤登，山平壑湛昔，德窟萬洞，銅柱盈千尺。

未至吳不可留，傳怪事問無由內山留。

粒吞去無方朝傳怪事問無由。

陟誉世無方朝。

間鶴為弟為樂鉢投身對絶壁，鍾鼓聲相連，有一洞，名巀嶽聞水石，何紛紅山人指白顛人。

青鸞遠窈窕庵列翠微，雲時未搆用窓，何陟見赤海平如練。

事轉夜半看日出，見蹤九龍淵顛倒磨削，有一條噴長虹其底，何澄潭碧琚山撲衣不可尋。

可把夜水看日出見，如九龍淵，若俯沈言意，登昆盧若遇驟雨來死手攀，巳可踏。

上高峰羲飛儔皆俯瞰臨，此危言若俯，沈言意，登昆，盧若遇驟雨來，絡見山形莫上及山之嶽。

僧導軍盤石上，麾落迷悅憶此，心定始為我瞰目眴無惑，急向高低依一，與遠近一縈皆。

若登困卧盤石上，麾落細皆無隱急然蒸白霧須洞失，遠觀初依一谷生漸，萬。

腰困卧盤石上，麾落細皆無隱急然蒸白霧須洞。

削粉百里不盈尺，鉅細皆無隱急然，蒸白霧須洞失。

群山走遂使山蒼，翻化海范范浩，同一氣漠，難為量吾聞太極前萬。

化衣用張山靈意何如示我物之初無風漸飄散半卷慵半舒須臾無點秀

渾眼如才嵐濃青畫若倩眉浴海寒鵰喝儀驚疾風走也或長若輝迤佛領若臥靈依奔齋君

乘尊朝會進天門散亂衣冠儼侍立車馬圓若蓬豆或長蛇或如刀鎗牡士爭追奔蹭或

与獅于伯竟威頭數群或如吳行与雨孫聲鼓陳噴三軍鐵馬振刀巉巖厈顧盼當路尋故

國或或文書積廳百欻儒侶背三萬軸抱簡牘兒鹿萬象名異態或貪獸吼忘移定不可廢半道或

貞兩脁然自屈或若散而不合或若連而不絕萬翔身態或竦峙峰狎呢立勃或如窈窕女禪僧藥林守

宜然自屈或若散而不合或若連而不絕萬翔身態或竦峙峰狎呢立勃或如窈窕女禪僧藥林守

麋然文讀書儒侶頭如技校把簡牘續兒鹿或踈或如貢育徒勇氣吲忘移定不可廢半道或

戒莫能追戒翔直是何物時有詠雲不及愛蕭蕭石頭碥夜飛鳶与棲

鶴聲山腰起霹靂山川根浣圍四面模糊聲人遨邀林端朝日駿垟小者視月俯聽蟻

動覽總不目遠其奈道大六合淺然發四川根圍四面模糊聲

離心宮靈浮蒼地吐紅鑑衲素月增耽冷山螢門緣不五人蒼蠅尋絕形影無毅水落露危巖

宮萬事一氣造大物不窘窟尤僧言脫手毬官府都關得侶定何如炎涼興層崖千萬苦早蹢躅春

心一覽便知定奈大六合淺然發上界嘯聲不可辦人遨邀

猶相映大地吐紅鑑只有寒梅猶苦瑩山門緣不侵楓樹蒼蠅尋絕形影無

蓬填石逕筆鹽瘦生稜素月增耽冷山門緣不侵楓樹紅碧紛無毅水落

紅相映大地吐紅鑑只有寒僧猶苦冷瑩山門緣四五月始有蒼蠅尋絕形影無秋風來苦早

激二决聲怨若寒水官驕積雪高天柱烟生知有寺門礙難并戶辟如別世

37

昔日銀為國土翠檜列雙行鬚髮垂滄浪君胡不見此山有

羽人馭風淩空行綠髮飄苦煙巖寶藏其形千羊食松脂蟬蛻長生見人

不接言顏秀方瞳君胡不見此山似無物外情此山名金剛

形大如山愁避去如畏怯此山有僊鶴毛掛百尺足歡四

君胡不見此山將筆舞雄雙影峯前落高人尚不親況求水臉對水翼翔白雲上暮還棲翠未

辟有時雜雄雙影峯前落高人尚不親況求水聞非歪說僧言此山名未

免俗聞此僧言合成中有雲無喝我言佛書中不見朝鮮國又云在海中不

與此山同我聞龍伯豪一釣連六鰲三山遂失所泛海驚仙曹漂流到我彊

气悒恒同我疑實竟誰分何人作山狂自徙作天遊始覺吾生浮下山將

作也山積嶒青冥虛實竟誰分何人作山狂自徙作天遊始覺吾生浮下山將

石崙積嶒青冥虛實竟誰分何人作山狂自徙作天遊始覺吾生浮下山將

士洞山靈向我愁夢中來見我自言有所求物生天宇間因人名乃休蘆山

請君揮巨杠庶使山增色我言子遍得瓊琚往求無價手山靈色不悅側立久

因大手筆令名垂不滅君言此山名不吟詩友作緘口默

無李白誰能詠其詠少逸山靈愁其跡美題洞庭東坡賦赤壁咸

凝視咄之栢我言惠賓無沒依我知不能辟遂許撰荒鄙形開如酒醒陡聽

皆慌爾有約不可負聊吃記終始

右蘇子瞻先生遊金山寺詩一見先生手迹不勝忭喜
甲申夏於農圃軒 呂元九謹書

木簡體

混沌未判時不得分兩儀陰陽互動靜孰能執其樞化物不見並妙理奇乎
奇乾坤既再闢上下分於斯中間萬物形一切難可名水為天地血土成互
地因白骨所積處自成山峯聳特鍾清淑氣名之以皆骨佳名播四海咸願
生吾國崆峒與齊周比此皆奴僕吾胄作志怪互形皆是石所以女媧氏鍊
石補其缺茲山墜於天不是下界物就之如踏雪望之如森玉方知造物手
向此盡其力留名尚有慕況在不盡域余生愛山水了曾聞我足夙昔夢見
之互涯移枕席今朝浩然來千里同咫尺初從行脚僧邑豈千山禿漸漸入
佳境渾忘行至永欲見眞面目須登斷髮嶺一萬二千峯極目皆清淨浮嵐
散長風安兀撑青空遠望已可喜何況遊山中欣然曳青藜山路更蘇竅溪
分兩派派出谷何悠悠危橋跨駿股苔石猶就休歇初入長安洞白雲乍收
琳宮値火殘新起梵鐘樓居僧蔬樵徑伐木山更幽互玉立門側怒眼令人愕
庭前何所為數叢紅芍藥禪林展雨之困疲留一宿明朝向何許路轉千
萬曲金剛與銀藏鳥占蒼崖旁既見漸奇秀出入行澗岡高峯立我前七寶為
其粧忍此榆岾寺松檜鬱成行飛樓跨澗水瞬奪青山光門前平地闊沙
草逢春綠入門駭汗出神將相對立有獅與白象呀口瞋雙目撞鐘千指迎
繞抽香煙輕庭中聳高塔風鐸聲琮琤翠飛三昧宮結搆何其雄堂中古佛
像塵埃暗金容遠自互竺來駕海隨黃龍尼巖與憩房一一留其蹤眞僞不
可辨事與齊諧同明寂庵在西興聖庵在東尋幽不暫閒與入煙霞濃窈窕
竹雲庵雲碓水自舂蹬溪渡石矼活水聲淙淙成佛倚高峯滄溟在東窗嵯
峨佛頂臺孤絕更無雙我來看朝曦滿目紅雲披水互雨蒸際火氣騰馮夷

峯頭白巔四十二天綿亙回尋舊時路到處皆可怡上下二見性贈路危覺

飛石窟名竹修瀟灑澗乞湄靈臺興靈隱廬霧圭階嶇嶇涉臨兩脚難

自持搞摧臥古槎路斷攀樹枝泝湍乱耳淡灑人衣幽溪九泝洞草合

人血徽徙泗曾賢庵仰見峯靐危寄傲真見性詠太仍留崖冒兩入香爐人

靜興榮扉天陰與爽氣溝山如佛得名艮左對蕭條亭草庵居有仙姿見致蒙山

憂山如得飢峯頭与夾氣溝山同罷二內院牛日留禪榻學忘揀更尋徐蒙山

蓋香蔬療飢爭此洞潦學許山僧乐不知是北聲不至何須勞洗耳舊共白

嶷吟朝血譽崖起置登萬景臺四方皆洞視五窟名養莫血青難久此人裏

隔肩壤宜屋壁世士他時期再末出洞頭慶回僧言內山殷外血同與處此裏

山已安此況彼內血炎急須入仙境以滌塵中病行行樹陰中晚風吹不定

山禽不知名自呼三兩聲小溪通略的歃側不可行醉老弄清沙荆影聊相

歃一身左巖上一牙左水裏爾余不是我二余置是余散為百東坡頂刷復

左此好左水束人到處無獨燐禪庵妙吉祥西戶清無塵旁有文珠地秘

人難臻登到佛地蒼狂山嶺峋小庵左巉不蔽

是摩訶衍雄峯峙其後峻領當其面琨回工所成龍膝崩亦見佳氣金殿名

心驚頭為毅吓咾塵起千載空虛兼甫僧汗雷震感戴却崇何山中芳歷二

庵多少難為數歃名妙峯與獅子丘左摩妙峯與獅子丘左

白雲船庵与乫葉妙德與能仁圓通與真佛修善與奇二邦心与天德工津

與安心頻道興神林利巖與五賢宏與青董唐山與松蘿次第如星羅或

倚窗高峯手可捫銀河或枕急泉瀑静中喧聒二或左巖石下逕頭堂出入或

或對紫翠峯暮色束挑闔或隱幽窈愛永與塵勞

隔雖無外容束小語山已苔或秘樹水中濃陰遮日色或擾斷崖頭滿庭皆

怪石奇形與異狀記之於難悉眼看日難言遍萬繞掛一致委表訓寺鬱

依林麓僧開畫殿空日千樓陰直我處正陽寺府臨千丈壁麓老寸庭除四

顧山如積我處須涂跎巉峻狀儔區不必奎萊我妻塑高臺

四圍收黃埃欲却高舉何室蕭天上矣凌雲從快活氣銷誠危矣班處十王

洞山勢曾臨回古塔不止懸崖島我愛萬壤汗鴻青永一巖連

鑿里滑淨難所倚邃邅至洞口蒲洞皆汗水坎處為洞下有火龍眠傾廢

教為端篤雷振空山平慶湛不鏡艦吾額清風為塵坡

礁望樹下始知身世間我愛普德窟銅桂盈千尺飛閣左匡空天走北人力

未立望如畫曉登汗如沐禪僧緣虛紙笞儲松葉若欲棲此地應須學超然

粒本吳不可留我將迭山遊有石嶺獅子屹立乎峯頭五庵似藥城不却誰

所曾世無才邦儔怪事間無由內山皆十日遊尋暑已周東行到上院路房

層巒嘉寂滅上開心橫雨時赤捲開忽何所見赤海平如練仙人指白巔人

間兜率率正諸庵殳翠微鐘鼓聲相連有洞名賢甲水石何紛紜可望不可尋

可托夜午看日出欲見九龍洞僧言逸險若遇驟雨來死生左頃卿不如手

青鶴為弟昆鉢洞對絕壁天工所歷削一條晴長虹其底澄潭碧山僧無一

事簿我崩我刃俯瞰臨危若俯矚目眩神頭慈若欲見山形莫上眾高嶽

上高峰以颯飛仙從斯言定信乎決意登眺踰目路角手攀己可踏有

僧尊窟寫嶽所見皆悅惚此言為我陰勉猶羨息忍一程畫奧宵如久山之

若登窟窩高盤下上廓諸迷俯仰心定姐擅首眾峯皆致內高徑與遠丘一概皆

腰困臥盤下上廓諸迷俯仰心宅姐擅首眾峯皆致內高徑與遠丘一概皆

削粉百里不區尺鉅紐皆無隱忽然燕白霧須洞失嵐覩初依一谷生漸藏

群山走邐使山蒼上矚伦涯范諸諸同一氣滇滇難為量蒼骨杳極前萬

化不開張山靈意何如示武物之初無風漸飄散羊巻置牛郎始露數點香

孤如玉上當濃青畫僑洛海裹鷄喝微驚疾風起馳若騙須更無點

渾眼方皆逼透或炎若劒鋒或圓岩萓豆或長若走馳或超若臥戲或如萬

乘尊朝會亓天門衣冠儼侍立車馬如雲毛或如釋迦佛領眾依臺驚鳶君

奧思伯競進頭散散或如呆與孫靜陳三軍鐵馬振刀鋸壯士争威尋故

如獅子王感塵百獸辈或如行兩龍舊閯或如美巖雨顧略峥當路尊或

國或若文書積鄴集三萬軸或若畫浮圖蕭梁九層塔或若纍纍塚介灑閬宇

貞湘或尚尚如讀讓書儒促頭披簡續或如貢育徒賈勇氣呃動或女坐禪僧志或

宵兩腋或尚如散兔鷹或若抱兒麀或翔若驚鳧或峙若立鵝或偃然肆志或

廳怒自屈或散而不合或重而不紀萬象各異態貪歡怒戲已不可發羊道

我欲竄異哭高嶢身是何物時而行雨孤往雲尓父豪蕭二罷風踴飛鶩與捷

鵾莫能追致翰豆到無上頂朗詠聊遅趍慈林端拂朝日石頭碟夜月俯聽蟻

壽島目宮能辨域郭浩然發長嘯聲人清都關仙侣宅宕驂愕王皇應驚詁工

動聲山腰起霹靂山川圓四面模糊不可辨大者顏丘坌小者視不見然有

縱不冤其奈道相淺吾聞上界仙官符宋得閻何也方外人不左懷凡間

心塵萬事一氣大六合窅崖脫手毬大海塗足油胸中有幽水不必於此

苗一覽便知足直物乐政尤僧言七山景四時曾清勝炎涼異世間除氣春

猶嶽浮花芯只有寒梅鷔山門四五月始有尋春與層崖千萬文迤邐調

紅相暎大地人紅鐔衲僧猶苦冷撲緣乐侵人蒼蠅艷形影秋風來苦早落

葉填石匡峯巒慶生菱素月墻耿二松林間楓樹紅碧紗蘇簸水洛露危巖

激波聲怒冬寒水官驕嶺雪高天柱煙生如有寺門壞難尹尸唇如勿此

零白銀為國土翠檜列祭行頻飲垂滄浪君胡不見此反思驛故鄉此山有

羽人馭氣凌空行綠毯飄苦煙歲其形千年包松蛻得長生見人
乐接言顏秀方瞳清君胡不見此山為異歡兆雨兆翁雅雄

彬大地幽怒眸若鏡光有時磨大水翠毛掛百尺足跡廣安如輪諒兆凡顙正

壁有時巖嶂雄影峯崩菩高人尚不觀況求對以膽君胡不見此胸次未

免猶我聞此僧言將置更回蠋遂作牛蒼留瓦開兆虚說僧言此山名金鄒

與此山同歲蕪龍伯豪一釣連六鰲三山遂失所止從作天遊超覺吾生在海中東

興恨烜眾實所合成中有暴無鳴我言佛書中不見朝鮮國又云左海中

厝厓積嶼青冥實竊竟誰少何人作此山狂自從作天遊超覺吾生下此將

化此葦山王又竪寶西河吳苕箐桂樹嵩所挂諾此地萬古無時停玉幹化為

蘇李白誰能詠其涑蘭亭無逸少誰能壽其跡子美顯洞庭東坡賦赤壁咸

田大手筆今名垂不滅君余挺殺幽氣景皆發拾胡為不吟詩反他緘口點

請君揮巨杠庶使山增色我言子區矣子言兆我壤我無錦繡腸安能正馨

喫視咄咄指我言慧實無沒仙我知不能辭荒鄙形弗安酒醒所聽

皆惱余有約不可負恥以記終始古栗谷先生挺金剛山詩他此山有菱莱楓嶽

出洞山塵向歲愁夢書末見我自言有形求物生之守宙曰人名乃休廬山

子蒲腔唯一拙吐此人不喜乎欲得瓊琚往水無價手山塵色尔覽側立久

十九親歷勝景皆於詩發之凡六百余他しつ書之心鳥美嬬之誠焉甲申友後學呂元九敬寫

異稱而為天下名山華人嘗稱之曰願生高麗國一見金剛山其意高且可想見也先生之美

금강산 단풍